Sonya

ソーニャ文庫

咎人の花

山野辺りり

イースト・プレス

contents

プロローグ

追いかけなくちゃ。

今ならきっとまだ間に合う。今夜は天気が悪いから、どこかで雨宿りをしているかもしれない。

いつまでもベッドの中で丸まってベソをかいている場合ではないと思い直し、アレクシアは窓の外に視線をやった。

外は暴風雨が吹き荒れている。今夜は嵐になるだろう。

真っ黒な空からは、叩きつける勢いで煩《うるさ》いくらいに雨粒が降り注いでいた。ガタガタとガラスが揺れ、星明かり一つ見えやしない。

まさかこんな天候の夜に、僅《わず》か十一歳の幼い娘が屋敷を抜け出すとは父も思うまい。いくら普段から跳ねっかえりで強情な我が子でも、閉じ込められた部屋から勝手に飛び出して『彼』を追うとは考えもしないに決まっていた。

夕刻から急激に激しくなった雨風は、大人でも外出を控えるほどだ。まして暗くなれば治安も悪化する。森や峠では旅人を殺《あや》めて金品を奪う輩《やから》もいるのだとか。

使用人たちから聞かされた『怖い話』を思い出し、アレクシアは一人背筋を震わせた。

それでも彼を追いかける決意は揺らがない。どんな危険を冒《おか》してでも、もう一度彼に会いたい気持ちが勝っていた。

——お父様はひどいわ……何もこんな日にセオドアを追い出さなくても……せめて明日……いいえ、きちんと預け先が決まってからでは駄目だったの？

たとえ彼の両親が許されざる罪を犯したのだとしても、セオドア自身に咎《とが》はないのに。

住み込みで働く彼の父親は、アレクシアの父が経営する船会社の資金を横領していたらしい。その上船荷の一部を盗み、売り払ってもいた。

だがそこまでであれば、セオドアの父を首にするだけで済んだのかもしれない。問題はその後。

彼の母親も夫の悪事に加担し、更には王妃に献上されるはずだった品に手をつけてしまったという。

流石にこの一件を揉み消すことはできず、二人は捕縛されたのだ。おそらく極刑は免《まぬが》れまい。

残されたのは、屋敷で下働きをしていた息子だけ。

セオドアはこうしてわずか十五歳で、たった一人このゴードン家から放り出されることとなった。

彼自身に非はなくても、重罪を犯した夫婦の子どもを、そのまま屋敷に置いておけない父の気持ちは分かる。王家に対して誠意を見せるためにも、それは仕方のないことだ。

とは言え、彼は他の同年代の子どもたちと比べれば聡明で大人びてはいるけれど、まだまだ一人で自活できる年齢ではない。

せめて職場と住む場所の当てがなければ、あっという間に路頭に迷うのは目に見えていた。

――ああ、せめて当座のお金がなくちゃ、セオドアが飢えて死んでしまう……！

着の身着のまま放逐《ほうちく》された彼を思い、アレクシアは込み上げる涙を瞬《またた》きで散らした。泣いていても何一つ好転しない。とにかく今すぐ彼を追い、換金できるものを手渡さなければ。

アレクシアはそっと耳を澄ませ、扉の外に人がいないことを窺った。鍵さえかけておけば、娘も諦めると両親は高《たか》を括《くく》っているに違いない。だがそうはいくか。

ぐっと奥歯を噛《か》み締めて、動き易《やす》い格好に着替え、髪を一本に縛った。

身体に括り付けた袋の中には、誕生日に贈られた自分の首飾りを入れてある。これをセオドアに渡すのだ。せめてその程度のことはしたい。このまま二度と会えないなら、少しでも嫌われたくはなかった。

――本当の気持ちは永遠に伝えられないとしても……

生まれたときからずっと傍《そば》にいてくれたセオドアに、淡い恋心を抱くようになったのはいつからだろう。

四つ年上の兄のような人。

印象的な紫がかった青の瞳に、艶やかな黒髪。息を呑むほど整った容姿は、ごく幼い頃から際立っていた。

どこか中性的で物静かな優しい彼が、アレクシアの世話を焼いてくれることがどれだけ嬉しかったことか。セオドアが隣にいてくれるだけで、いつだって夢見心地になれた。

長い睫《まつ》毛《げ》が色白の頰《ほお》に影を落とすところも、長めの前髪から覗く理知的な双眸《そうぼう》も、数年前に低く変わった声も、どれもがアレクシアをときめかせて止まない。

外見的な魅力以上に一緒に過ごせる時間が楽しくて、隙さえあればアレクシアは彼に纏《まと》わりついて懐いていた。

互いに子どもだったから許された、かけがえのない近い距離感。いつかは大人になって離れてゆくのだとしても――今がそのときではないと信じていたのに。

あまり娘に関心を持たない母親よりも長く共に過ごしたセオドアは、アレクシアにとって誰よりも特別だった。

願わくば、一日でも長くそんな日々が続けばいいと心の底から望んでいたが、もはや叶《かな》わぬ願いだ。

――だからって、こんな別れ方はあんまりだ……お父様ったら、残酷すぎる。セオドアは私のことも恨んでいるかな……？

もともとは彼の両親が犯した罪が原因でも、セオドアにしてみれば無一文で追い出されたのだ。しかも両親はアレクシアの父の告発によって囚《とら》われの身。今後は確実に死刑となる。憎しみを滾《たぎ》らせて当然だった。

――貴方《あなた》は何も悪くないのにごめんなさいって、一言でも伝えたい……仮に罵られたとしても、それでセオドアの心が欠片《かけら》でも晴れるなら、喜んで私が受け止めよう――

怖気《おじけ》づく心を叱咤《しった》してアレクシアが素早く窓を開けば、一斉に雨と風が吹き込んできた。

その勢いに慄《おのの》きつつ、意を決してバルコニーに足を踏み出す。

目深に被っていたフードは吹き飛ばされ、アレクシアの小さな身体も煽《あお》られて、思わず前かがみになった。

「……っ！」

雨脚が凄まじく、痛みを感じる。眼を開けているのも困難だった。すぐに全身がずぶ濡れになって、肌に服が張り付く感触が気持ち悪い。しかしそんなことにかまっている猶予《ゆうよ》はなかった。

——急がなきゃ……！

万が一、部屋の中にアレクシアがいないことが知れれば、大騒ぎになってしまう。最悪、彼をより窮地に立たせてしまう可能性もあった。それだけは絶対に避けなくては。

——ここから町に出るなら、森の中の道を行くしかない。でも暗闇でましてや大雨の中移動するのは危険だもの。悪い人や獣に遭遇《そうぐう》しても危ないし……頭のいいセオドアなら、きっと途中で雨宿りして朝を待つはずよ……！

一晩程度雨風を凌げるちょうどいい場所には心当たりがあった。

以前、二人で見つけた大木の虚《うろ》。子どもが二人並んで座れる程度の空間がぽっかりと開いていて、さながら内緒の隠れ家だった。

他の誰にも教えていない、とっておきの空間。彼と自分だけの大切な秘密。

そこに、彼はいるのではないだろうか。いや、いるはずだとアレクシアは祈りに似た強さで思った。

――神様、お願いします。これからはお父様とお母様の言うことをきくいい子になるから、どうかもう一度だけ私をセオドアに会わせてください――

バルコニーから下を見下ろせば、二階の高さに足が竦《すく》んだ。

アレクシアの部屋の前には巨木が植わっており、その枝が手すりにぶつかって大きな音を立てている。下手に近づけば怪我《けが》をしかねず怯《ひる》んだものの、逡巡《しゅんじゅん》は一瞬。

他に、この部屋から人知れず脱出する方法はない。アレクシアがセオドアに会いに行くことを、両親が許してくれるわけもないのだから。

拳《こぶし》を握り締め、軽く胸を叩く。勇気を振り絞ったアレクシアは、暴れる枝にタイミングを見計らってどうにかしがみついた。

不意に強風に襲われ血の気が引いたけれど、おてんば娘の意地と才能を発揮して、そのまま幹に取り縋《すが》る。雨で濡れて滑る分普段の木登りよりもよほど難易度が高い。それでも身体を動かすことは得意だ。

呼吸を整え、慎重に地面を目指してゆっくり移動を開始する。彼に会うためだと思えば、委縮する身体は素直に動いてくれた。

――余計なことは考えちゃ駄目……っ、こんなのちっとも怖くないわ！

セオドアとこのまま離れ離れになる方がよほど恐ろしい。

あの優しい手に頭を撫でられ、穏やかな瞳で見つめてもらえる日が二度と来ないなんて、悪夢と同じだ。

いや、仮に軽蔑の眼差しを向けられるとしても――最後に一目だけ会いたい。

滲《にじ》む涙は雨と共にアレクシアの頬を伝い落ちた。

体温が奪われ、寒さのせいで手足が震える。息を吸うたびに悲鳴じみた音が喉奥で鳴るのは何故なのか。

通常より倍以上の時間をかけて慎重に幹を伝い、ぬかるんだ地面に足裏がついたときには、不覚にも膝《ひざ》からくずおれそうになった。

ドッドッと口から飛び出しそうなほど心臓が大暴れしている。それでも懸命に足を前に動かす。

彼と最後に一目会いたい――淡い恋慕《れんぼ》を胸に抱いて、アレクシアは降りしきる雨の中を駆け出した。

1　惨劇の夜

今夜も邸内は静まり返っている。

暗闇の中、ベッドに横たわったアレクシアはぼんやりと天井を見上げた。

とはいっても、何が見えるわけでもない。ランプの灯りはとうに消され、室内は漆黒に沈んでいた。

特に何もすることがなく、眠気も訪れないから、無為にぼんやりと眼を開いているだけのことだ。

――昼間なら、本を読んだり刺繍《ししゅう》をしたり、それなりに時間を潰せるけれど……夜は本当に暇ね。時間が長すぎる。

もっとも、明るい刻限であってもここへ訪ねてくる人はいない。その上アレクシアには自由な外出は認められていなかった。それどころか自室から勝手に出歩くことも許されない。故に、いつだって退屈を持て余していることに変わりはなかった。

毎日同じことの繰り返し。窓を開けることすら制限されているせいで、停滞した空気が淀《よど》んでいるだけ。

変化のない日々の中、アレクシアは時折自分が本当に生きているのかどうかさえ曖昧《あいまい》になった。だがそうであっても、衣食住に困る生活ではないのだから、きっと己は恵まれているのだろう。

──『彼』にはそんな保証もなかったのだもの……

追憶に胸が軋《きし》む。悲しさばかりが込み上げる思い出が去来《きょらい》して、アレクシアはあえて固く眼を閉じた。

時が凝《こご》った静寂《せいじゃく》の中、己の呼吸音だけが耳を擽《くすぐ》る。そのときふと、そういえば今日の午後は随分賑《にぎ》やかだったなと思い直した。

屋敷の最奥に押し込められているせいではっきりとは分からなかったが、人の出入りが激しかった気がする。来客が多かったのか、ひっきりなしに馬車の音がしていた。

この部屋からは臨めない庭園も、随分賑わっていたような。

──……ああ……そういえば今日はお母様の誕生日だったわ……

アレクシアが家族の集まりや催しに呼ばれなくなってから早十年。すっかり忘れていた。母の誕生日を祝ったのは、アレクシアが十一歳になった年が最後だったけれど、おそらく今年もさぞや派手なパーティーが開かれたに違いない。我が親ながら華美《かび》なことを好む人だ。

年々大掛かりで、贅沢《ぜいたく》なものになっていったのは、想像に難くなかった。

「――『おめでとうございます』の一言くらい、告げさせてくれてもいいのに」

久しぶりに言葉を発したせいか、声が掠《かす》れた。

身の回りの世話をしてくれる使用人たちはいても、彼らはアレクシアとのおしゃべりを基本的に禁じられている。すると当然ながら、何日も会話をしないことも珍しくなかった。

人の喉は使わなければ退化するものらしい。発声のしづらさを感じ、アレクシアは軽く咳払《せきばら》いした。

この一室に閉じ込められるようになってから、既《すで》に十年。

もう寂しさや憤《いきどお》りを感じる時期はとうに過ぎ去った。ただひたすらに虚しい。家族から忘れ去られ、使用人たちには嫌厭《けんえん》されて。

ゴードン家にアレクシアという名の娘がいたことを覚えてくれている者は、いったい何人いるだろう。

ひょっとしたら、最初からそんな子どもはいなかったことになっているのではと考え、アレクシアは唇に歪《ゆが》んだ笑みをのせた。

あながちこの予想は外れていないのではないか。両親にとってアレクシアの存在自体が隠しておきたい恥部であるのは明白だ。

いっそ『娘はいなかったこと』として処理したいと願っていても不思議はない。体面に傷をつけられることを何よりも嫌う彼らが、自分たちに恥をかかせた娘を我が子であっても許すとは思えなかった。

二十一歳の行き遅れの娘。しかもあと二か月あまりで二十二歳になる。

それだけで充分外聞は悪い。まして嫁げなかった理由を考えれば、尚更怒りが増すのは仕方がないことだ。もっと言うなら、大元の原因が『身のほど知らずにも子どもが親に逆らった』ことであれば――アレクシアが両親に見限られるのも当然の成り行きだった。

完全に自由を奪われても、『生かされている』だけマシ。そう諦め、アレクシアは今夜も深く考えることをやめた。

――いくら思い悩んだところで、現状は何も変わらないものね……

心地いい諦念《ていねん》に身を委《ゆだ》ね、アレクシアが本格的に眠ってしまおうとしたとき。

どこか遠くで悲鳴が聞こえた。

いや、悲鳴かどうかも定かではない。獣の咆哮《ほうこう》のようでもあり、絹を裂く音に似ていた気もする。どちらにしてもこんな夜半に響き渡るにしては、ひどく異質だったことは確かだ。

無意識に周囲に気を配ったアレクシアの耳に、今度は荒々しい物音が届く。まるで大きな家具などが倒れたよう。

異様な事態に息を凝《こ》らして硬直したアレクシアは、しばし身を縮めていたものの、その後に訪れたのは圧倒的な静寂。

いっそ慣れ親しんだ静けさが、空恐ろしいほど耳を圧迫した。

――何……？　上手く言えないけれど、何かがおかしい……？

いつもの夜とは違う、肌がひりつく緊張感が漂っていた。空気が張り詰め、息をするのも憚られる。

しかしじっとしていられない焦燥《しょうそう》に駆《か》られ、アレクシアは恐る恐るベッドを抜け出した。手探りでランプを灯《とも》し、限界まで光量を絞る。何故か、煌々《こうこう》と明かりを灯してはいけない気がしたのだ。

耳を澄ませてみても、あれから何も聞こえてはこない。もしや空耳だったのかと疑いたくなる。

だが聞き間違いではないはず。アレクシアは室内履きに足を通すと、極力物音を立てないように注意を払いつつ扉を開いた。

廊下は、重苦しい闇に塗り潰されている。ひと気が全く感じられない分、そう思うのかもしれない。

左右を見回しても誰もおらず、それは当たり前のことなのに、ホッとすると同時に混乱したのが不可解だった。

――静かすぎる……

そう。時間や場所を考慮して尚、こんなにも静まり返っていることに違和感があった。

今日はアレクシアの母親の誕生パーティーが開催されていたのだ。

お開きになったとしても、まだ酔った勢いで享楽《きょうらく》の余韻やざわめきが残っているのが普通ではないのか。少なくとも例年ならそうだった。

酒が大好きな母は、自分が主役の宴席ともなれば深夜遅くまで盛り上がるのが通例だったのに、屋敷の中はあまりにも沈黙に支配されている。

――お母様はもう眠ったの……？　もう昔ほどお若くないのだし、お酒を過ごされていないなら、その方がいいけれど……

眼前には、闇に半ば溶けた廊下が、真っすぐ続いていた。ここを進めば、アレクシア以外の家族の居室に辿り着く。何年もまともに足を向けたことはないけれど、奇妙な予感を無視して自室に引き返す気には到底なれなかった。

――少し様子を見てくるだけ……誰かに会いそうになったら、大急ぎで戻ればいいわ。それでも万一見つかってしまったら、古傷が痛んで薬が欲しかったと言えばごまかせるかな？

一応自分の家なのだから、本来であれば好きに出歩いても咎められる謂《いわ》れはない。しかし両親から『人目に触れるな』ときつく厳命されているアレクシアは、言い訳を用意して歩き出した。

自分の空耳や、ただの風の音や物が倒れただけだったと確認できれば、それでいい。不安を残したままでは落ち着かない。

足音を忍ばせ暗がりを進むうちに、アレクシアはランプを持つ手とは反対の手を無意識に右眉の上からこめかみに滑らせた。

そこには、くっきりと傷が刻まれている。普段は髪で隠せている場所。だが風でも吹けば、一目で分かる程度には引き攣《つ》れ赤くなっていた。

この傷以外にも脚に醜《みにく》い痕《あと》が残っているが、痛みはない。怪我を負ったのは、十年も前のこと。とっくに完治している。

けれど全て元通りに治すことは、どれだけ医師の腕が優れていようと、両親が莫大《ばくだい》な金を積もうと、叶わなかった。医師曰《いわ》く、命が助かっただけでも奇跡だそうだ。故に、今もアレクシアの脚には歩行のしづらさや長時間立っていることが辛い弊害《へいがい》が残っているものの、寝たきりにならなかっただけ運がいい。幸いにも努力の結果、こうして自力で歩ける程度に回復できたのだから、不満はなかった。

しかし父と母の考えは違ったようだ。

この傷痕《きずあと》と障害があるからこそ、アレクシアは結婚を望めなかった。『人前に出すにはみっともない娘』の烙印《らくいん》を押され、顔と脚に瑕疵《きず》がある未婚の娘など、両親にとっては厄介者《やっかいもの》でしかない。

政略には使えず、怪我を負《お》った原因が『たかが使用人を追いかけて、無謀にも嵐の中に飛び出し、崖から落ちて生死をさまよった結果』などとは、口が裂けても公にしたくなかったのだろう。

性格は強情で淑女《しゅくじょ》らしさは皆無、容姿に至っては平凡どころか難ありだと宣伝《けんでん》しているのも同然だ。

上流階級や中流階級の人間にとって、噂《うわさ》は社会的な死に繋《つな》がる。

アレクシアの父は平民で、成り上がりと嘲笑《あざわら》われながらも一代で財を築いた、上昇志向の強い男だ。母は気位が高く、華美で美しいものを好む。そんな二人にとっては、使い物にならない我が子はお荷物同然だった。

本当なら、娘は家にとって利益になる相手に嫁《とつ》がせたかったに決まっている。

しかしアレクシアの事情を隠し通すことは難しい。結婚すれば、自ずと秘密は漏れてしまう。

まして条件がいい相手先ならば、わざわざ問題がある娘を娶《めと》る必要はない。さりとて金で黙らせられる格下にアレクシアを押しつければ、余計な出費が嵩《かさ》むというもの。

修道院に放り込むのも寄付金を要求されるので同じだ。

吝嗇家《りんしょくか》な両親が、無駄な出費はしたくないと考えても不思議ではない。

結局、アレクシアは遠い異国の地に嫁いだと装われ、以来こうして屋敷の奥深くで息を潜めて生きる道しか与えられなかった。

――お父様もお母様も、一番大事なのは『お金』だものね――

苦いものが込み上げ、溜め息と共に吐き出す。

だがそんな両親の助けがなければ、自分には生活する術《すべ》もないのが現実。きっと一生こうして、生きているのか死んでいるのかすら曖昧なまま暮らしてゆくしかないのだろう。

重苦しい思考に沈む気持ちから眼を逸《そ》らし、アレクシアは母の寝室の前までやってきた。

中は静まり返っている。寝ている可能性も高いが、一応ノックしてから扉を開いた。

「……お母様、もうお休みですか？」

正直、母がまだ就寝しておらず中にいたら、『許しもなく邸内をうろつくなんて、どういうつもりなの!?』と罵声《ばせい》が飛んできかねない。そのため、本音は熟睡していてくれだったのだが。

「……いらっしゃらないのですか？」

室内は、綺麗《きれい》に片されており、ベッドには使用した形跡もなかった。枕元に置かれた水差しも手付かず。どうやらまだパーティーから戻っていないらしい。

――でもそれにしては、屋敷の中が静かすぎない……？

こんな遅い時間までパーティーが盛り上がっているなら、もっと騒々しいのが普通な気がする。来客だって、大勢残っているのではないか。それなのに、使用人たちの足音も聞こえないのが不可解でならなかった。

――声や足音だけじゃなく、人の気配もしないなんて……

遠く隔絶されているアレクシアの部屋であれば、賑わいが届かなくてもさほど不思議ではない。だがここまで来ても、こうまで静かなのは奇妙としか言えなかった。

――やっぱり、何かが変。

アレクシアは続いて父と兄の部屋も覗いてみたが、両方とももぬけの殻《から》だ。ひょっとしたらパーティー会場を屋敷の外へ移動させた可能性も考えたけれど、どうにも胸の奥のざわつきが大きくなってゆく。

嫌な予感。

それが急速に広がっていった。

理屈ではない。一度抱いた焦燥が際限なく育ち、アレクシアの背中を押した。

階下に降りるのは何年ぶりかも思い出せないけれど、手すりにしがみ付いて、ままならない脚を懸命に動かす。

膝がガクガクと震えるのは、久しぶりに階段を降りたせいだけではないだろう。

早く早くと急く気持ちと、逃げ出したい欲求がアレクシアの内側で渦巻いていた。予感と言っても、具体的に想像しているものがあるわけではない。――いや、極力考えまいとしていることにさえ、気づきたくはなかった。

このところ、裕福な家が立て続けに強盗に襲われていると、戯《たわむ》れに与えられた新聞で読んだ。しかも家人は悉《ことごと》く殺されているとか。

真偽のほどは怪しいが、何でもただの窃盗団ではなく、大規模な組織が絡んでいるらしい。名は何と言ったか。

犯罪集団に随分大層な名だとアレクシアは半ば呆れた。確か――

――花……？　ううん、違う。『落華《らっか》』だったかしら……うろ覚えだけど。それにしても、誰もいない……

家族も、母の誕生日を祝いに来たはずの客も、使用人も。ごく日常の深夜であれば、珍しくもない光景だった。

澱《よど》んだ空気に乗って、異質な臭いが漂ってくること以外は。

――何これ……気持ちが悪い……

咄嗟に鼻を押さえたものの、アレクシアは込み上げる吐き気と戦わなければならなかった。生理的に忌避感《きひかん》を催す悪臭。それがパーティー会場であろうホールから流れてくる。

食べ物とアルコール、香水に大勢の体臭。それだけならばこんなに嫌な臭いになるわけがない。もっと生々しく、本能が拒否を示す、これまで体験したことのない臭いが一歩進むごとに濃厚になった。

「……っぐ」

間違いなく、ホールからだ。扉の前に佇《たたず》んで、アレクシアは口で大きく息を継ぐ。とても鼻から再度深呼吸する気にはなれなかった。

――使用人たちが後片付けをしていないの……？

弾けそうなほど心臓が激しく脈打っている。血潮が巡り耳鳴りまでしてきた。指先は白く小刻みに震える。忙しい自分の呼吸音だけが、耳障りなほど響き渡った。

「だ、誰かいるの……？」

どんな返事を期待したのか、アレクシア自身にも分からない。

返答がないことを確認したかったのかもしれないし、聞き飽《あ》きた家族の罵声を待っていたのかもしれない。

ぐっと手に力を入れ、ホールの扉を押す。重い扉が開いた先は。

「……っ」

不快な臭いが一気に濃度を増した。室内はアレクシアの持つランプだけでは到底照らしきれない。それでも、『見てはいけないもの』が幾《いく》つも床に転がっている様が視界に飛び込んでしまった。

「ひ……ッ」

一番手前、扉のすぐ傍で真っ赤なドレスを着て倒れているのは母だろうか。相変わらず派手で扇情的《せんじょうてき》な服を好んで身に着けている。独身時代から細く括《くび》れたウエストが自慢だったらしい彼女は、とても子どもを産んだとは思えないスタイルを今でも保っていた。

だがそんな母は、驚愕に見開かれた瞳を永遠に自力で閉じることはない。光のない双眸をアレクシアの方に向け、首から夥《おびただ》しい量の血を流し事切れていた。

「お、お母様……っ？」

白いエプロンを血で染めているのは、使用人たちか。壁際に置かれたソファーには、兄がぐったりと身を預けている。おかしな方向に曲がった身体からは、生者の気配は微塵《みじん》も感じられなかった。他にも警備の男性が武器を構える間もなかったのか、幾人も躯《むくろ》を晒《さら》している。

全ての人が、ピクリとも動かなかった。

床に、壁に、テーブルに広がる忌《い》まわしい赤。排泄物の臭いも混じり、悍《おぞ》ましい臭気が充満している。アレクシアが眼にしている世界は、紛れもなく地獄だった。

「だ、誰か……っ」

一刻も早く室内に入り、皆の無事を確かめねばと頭では思う。しかし意に反して自分の肉体は全く動いてくれなかった。

脚はまるで床に根が張ったよう。手は瘧《おこり》に罹《かか》った如《ごと》く戦慄《わなな》いている。

奥歯がガチガチと音を立てていることに、しばらくしてからようやく思い至った。

己の肢体《したい》が制御できず、アレクシアは唯一自由に動かせる眼を、左右に走らせることしかできない。

父はどこにいるのか。せめて一人でも生きていてほしい。いい両親だとは言えなくても、アレクシアの家族であることに変わりはない。

取り落としそうになったランプを摑《つか》み直し、アレクシアはその手を前に突き出した。凄惨《せいさん》な光景がぼんやりと照らし出される。テーブルの上には料理が残されており、兄の手から落ちたのか割れたグラスの破片が床に散っていた。つまりパーティーはまだ終わっていなかったのだろう。

幸いにも来客の姿は見当たらない。室内にいるのはアレクシアの家族と以前からゴードン邸で働く使用人たちだけだった。

よろめく脚を引き摺《ず》りながら、逃げたがる気持ちを捻《ね》じ伏せ、強引に歩を進める。部屋の奥に移動し犠牲者を確認する悪夢じみた行為をアレクシアは繰り返した。

――いっそ夢ならどんなに良かったことか……ああでも何故こんなことに？　強盗？　いいえ、だったらわざわざ今夜を狙《ねら》う理由が分からない……！

金銭目的ならば、家人が寝静まった後に貴重品が収められている場所を狙えばいい。さもなければ、来客者がいるうちに押し入るのではないだろうか。今夜は羽振《はぶ》りのいい貴族や、国内有数の大金持ちが何人も招待されていたはずだ。

それなのに客が帰った後、人々が眠りにつく前という中途半端なタイミングには首を傾げざるを得ない。しかもパーティー会場を襲うなんて。

――まるで、両親と兄の命を纏めて狙うためだとしか――

自分で考えておいて、アレクシアはあまりにも恐ろしい結論に背を強張らせた。思わず足が止まる。

窃盗目的なら、母の首にかけられたルビーのネックレスがそのまま残されている意味が不明だ。扉に向け投げ出されていた彼女の手には、他にもブレスレットや指輪が幾つも嵌《は》まっていた。

金目のものを放置して、素早く何人もの命を奪う理由とは何なのか。

考えられるとしたら、殺人自体が目的。またはこれから略奪を遂行するかだ。

「……っ！」

ならば未《いま》だ室内に犯人が潜んでいるかもしれない。

その可能性を全く描《えが》いていなかったアレクシアは、驚愕で全身を硬直させた。その刹那《せつな》、視界の端に動く人影が映る。

正確には、その人物が動き回ったのではない。割れた窓から吹き込む風で、『その者』の纏う服の裾が揺れただけだ。

「……あっ」

黒づくめの人間は、アレクシアに背を向けて立っていた。その骨格や背の高さから、おそらく男性。彼は、床に倒れ伏した男に突き立てた刃を、今まさに引き抜いたところだった。

「お父様……！」

血濡れの刃で貫かれていた太り気味の男は、アレクシアの父親。悲鳴を上げるでも、逃げようと足掻《あが》くのでもない様子から、既に死んでいるに違いない。

指一本動かない父親は無情にも蹴り転がされ、もはや手遅れであるのを嫌というほどアレクシアに知らしめた。

「い、嫌……っ」

逃げなければと指令を下す理性とは裏腹に、アレクシアは縺《もつ》れる脚で父親に近づいた。それは勿論《もちろん》、犯人にも接近することに他ならない。

冷静に考えれば馬鹿な行動に出たのは、混乱の極致であったためだ。

心と身体がバラバラになる。正しい判断力はどこか遠くへ追いやられ、よろよろと前へ進み出て、いったい何をしたかったのか自分にも判然としない。

今更、誰の命も助けることは叶わないのに。それでも、この状況で自分だけ逃げ出す選択肢は、アレクシアの頭には浮かばなかった。

惨劇の部屋の中、凶器についた血を振り払った殺人者がゆっくりと振り返る。至極時間が引き延ばされたように感じたのは、アレクシアの乱れた心情故か。それとも実際に男が殊更勿体《もったい》ぶった動きをしたせいなのか。

光源は、月明かりとアレクシアの持つランプだけ。乏しい光の中、二人の人間の視線が絡んだ。

その、眼が。

決して消えることのない後悔と恋慕を、アレクシアに思い出させた。

紫がかった青の瞳。他には見たことのない珍しく美しい色合い。どんな宝石でも敵わないと思ったのは、これで二度目。

十年以上も前に抱いたのと同じ感想が、アレクシアに呼吸も恐怖も忘れさせた。

「貴方は……」

当時はまだ青年と呼ぶには幼さを残していた容貌は、今では鋭さと凄みを増している。背もかなり伸びたのだろう。細かった手足には筋肉がつき、服の上からでも逞《たくま》しさが窺えた。

柔らかな丸みを帯びていた頬は鋭角的になり、かつて綻《ほころ》んでいた唇は固く引き結ばれている。対峙《たいじ》して受ける印象は様変わりした。『可愛い』という形容が似合っていたのは遠い過去のこと。現在の彼を見て、そんな言葉はとても出てきはしなかった。

だがそれでも、自分が彼を見間違えるわけがない。

この十年間、アレクシアが一時も忘れることなく思い描いていた相手なのだから。大人になったら背はどれくらい高くなるだろう。顔立ちはどう変わり、髪は短いのかそれとも長く伸ばすのか。癖は変わらない？　笑い方は？　毎日考えない日はなかった。

変わってほしくないと願いつつ成長による変化を想像することが、アレクシア唯一の楽しみでもあったのかもしれない。

そして息を呑むほどの美貌《びぼう》は、過ぎた年月の中で一層磨き抜かれていた。

「……セオドア……？」

彼が、こんな場所にいるわけがないのに。

十年前のあの夜、屋敷を抜け出したアレクシアは暴風雨の中、二人だけの秘密の場所を目指した。

森の中にある大木の虚。そこでセオドアが雨宿りをしていると信じ、彼が少しでも今後の生活が困らないよう援助したかったからだ。

自分の持ち物の中で、一番高価なものを差し出すことに迷いはなかった。むしろ、大事なものを持っていってほしいと願ったほどだ。

父の容赦《ようしゃ》ない仕打ちへの贖罪《しょくざい》と、初めて好きになった人に嫌われたくない一心で、愚《おろ》かな少女は危険な道を急いだ。

初恋相手にせめてもう一度だけ会いたい。別れの言葉をきちんと交わしたい。けれど、結局はセオドアに追いつくことは叶わなかった。

何故なら、アレクシアは途中で足を滑らせて、ぬかるんだ斜面から滑落したからだ。その上運悪く、岩に激突して頭と脚に大怪我を負った。

アレクシアが部屋にいないことに気がついた両親が捜索してくれ、発見されたときには虫の息だったという。あと少し救助が遅れていれば、確実に死んでいた。

だから彼と会うのは十年振り。訳も分からぬまま引き離され、『さようなら』すら告げる暇《いとま》もなかったあの日以来。それでも一目でセオドアだと分かった。

大人の男性になってはいても、細部の造りは変わらない。整いすぎた顔貌は、見る者を圧倒する。どこか人外めいた完成美に、アレクシアはしばし今の状況を忘れて立ち尽くした。

――ああ……私が好きだった星空みたいな眼……

想定外の再会に呆然としたのは彼も同じだったのか、こちらの顔を凝視《ぎょうし》し宵闇《よいやみ》の色をした双眸を大きく見開いた。その瞳が戸惑いを宿して揺れる。

つい先刻まで漲《みなぎ》っていた殺伐《さつばつ》とした空気は、薄らいでいた。

「どうして……貴女《あなた》がここに……？　随分前に遠方へ嫁いだのでは……？」

かつてよりもっと低くなった声は滑らかで、耳が蕩《とろ》けるほど甘く響いた。

死の臭いが立ち込める部屋の中、奇妙な邂逅《かいこう》はあまりにも不釣り合いだ。それをおかしいと感じられないのは、心が麻痺しているからでしかなかった。

疑問符だらけになった頭では、現状を処理しきれるはずもない。すっかり思考停止したアレクシアは、無意味に首を横に振ることしかできなかった。

想い続けた人に再会できた驚き。

陰惨な殺戮《さつりく》現場。

家族や使用人たちの死の衝撃。

嬉しいのか怖いのか悲しいのかさえ分からない。ただとめどなく溢《あふ》れる涙を堪《こら》える方法が、アレクシアには思いつかなかった。

だが嗚咽《おえつ》の拍子に吸い込んだ空気の血生臭《ちなまぐさ》さが、追憶に耽《ふけ》りそうになるアレクシアを現実に立ち返らせる。懐かしさと甘い感慨で満たされかけていた頭が、ふと冷静さを取り戻した。

部屋中に横たわる大勢の遺体。

父の命を奪ったであろう刃物を平然と引き抜き、あまつさえ死者を蹴り転がしたのは、他ならぬセオドアだ。こんな場面で平然としていられるものだろうか。アレクシアを振り返った直後の彼は、感情の全てが凍りついた冷たい顔をしていた。これらが意味するところは。

「あ、貴方こそ何故ここに……」

問いかけながらも、アレクシアは薄々察していたと思う。返事を期待していたかどうかも怪しい。嘘偽《うそいつわ》りなく本音を吐露《とろ》すれば、『聞きたくなかった』。

生きている者よりも死者の方が圧倒的に多い空間で、凶器を手に泰然《たいぜん》としている男。浴びた返り血を無造作にマントで拭った手には、この時期に似つかわしくない革の手袋が嵌められていた。

事切れている人々は、おそらく誰も彼も一撃で命を奪われているだろう。抵抗した痕跡《こんせき》がほとんどない。護衛に至っては、成す術《すべ》なく倒されたとしか思えなかった。

これほどの手際、普通の者の犯行とは考えられないし、無計画はもっとあり得ない。

殺人者は、周到に準備して迷いなく短時間で実行したはずだ。つまりは玄人《くろうと》の仕業《しわざ》。

そしてこの場で最も犯人と思われる人物は――

「――本当に知りたいですか？」

アレクシアの眼の前に立つ男の唇が優美な弧を描く。

十年前、幼い胸を何度もときめかせた甘い微笑《ほほえ》み。けれど今その瞳は、欠片も笑ってなどいなかった。

セオドアが僅かに腰をかがめ、彼の顔が接近してくる。反射的にアレクシアが身を引こうとすると、剣を持っていない手で腰を引き寄せられた。

「久しぶりの再会なのに、どうされましたか？」

――――この人は、誰……？

一目で彼だと見抜けたのに、今は見知らぬ男性としか思えない。

天使と称えられていた麗しい容色には、退廃の色が滲んでいた。何よりもアレクシアが大好きだった瞳が荒んでいる。見入りたくなる綺麗な夜の色は同じでも、そこに煌《きら》めいていたはずの星が消えてしまっていた。

暗い昏《くら》い、深淵《しんえん》に似た深い闇。覗き込めばこちらの方が囚われる。

果てのない暗がりに引きずり込まれそうになり、アレクシアの喉が乾いた悲鳴を上げた。

僅か十五歳の子どもが、親も紹介状もなく無一文で放り出され、困難な人生を歩んできたことは想像に余りある。

きっと今日まで、必死に生き抜いてきたに決まっていた。何度も辛い目や酷い目に遭《あ》ったのだと、聞かなくても分かる。困難なこと、理不尽なことにも数えきれないくらい直面したはずだ。

だから昔よりも斜に構えるようになっていても不思議はない。逆に純真無垢のままいられるわけもなく、それが大人になるということだ。

けれどそれだけでは説明しきれない寒気を感じ、アレクシアは視線を揺らした。

今、自分を抱き寄せている男は、かつて焦《こ》がれた人とは別人としか思えない。

そもそも過去のセオドアは、アレクシアの身体へ不用意に触れてくることなどなかった。いつだって礼儀正しく一定の距離を保ち、許しがなければすぐ傍に来てくれることも稀だったことを思い出す。

それが今は無遠慮な手が、力強く腰を抱いてくる。さながら、『逃がさない』と宣言するかの如く。

「……っ、は、放して……っ」

「どうしてです？　冷たいことを、おっしゃるんですね」

悪臭が唐突にアレクシアの鼻腔《びくう》を満たす。本当はずっと漂っていたはずの臭いが、一層濃密になり絡みついてくる錯覚を覚えた。

外と内から搦《から》め取られる妄想が膨《ふく》らみ、よろめいた拍子にアレクシアの室内履きが滑《ぬめ》る

液体を踏む。水よりも粘度があり、生温かさが残るそれ。

何であるかを察するよりも早く、嫌悪感が弾《はじ》けた。

「嫌……っ」

血だ。

それも父の身体から流れ出たもの。先ほどまで命そのものだった液体が床や絨毯《じゅうたん》を這い、アレクシアの足元まで広がっていた。

咄嗟に見上げた先で、冷酷な眼がこちらを見下ろしている。

闇に塗り潰された双眸が半眼になり、アレクシアに視線を注いでいた。

彼の手にある剣が、ゆっくりと握り直される。革の手袋と擦れ、ぎゅっと音が立った。

「私も……殺すの……？」

「見られてしまったからには、仕方ありませんね」

言い訳をするつもりもないらしい。仮に見え透《す》いた嘘でも、『自分が犯人ではない』とセオドアが言ってくれたら、アレクシアは信じたかもしれないのに。

恐怖に頭が麻痺《まひ》したのか、それとも沢山の死を目の当たりにして心が壊れたのか、彼へ恨《うら》み言を吐く気にもなれない。むしろ『そこまで恨まれていたのだな』と納得したくらいだ。

セオドアの両親が犯した悪事が原因であったとしても、彼はアレクシアの両親に全てを奪われた。憎しみに心を支配されても仕方がない。

復讐を望む心理は理解できる。十年という歳月は長いようで短い。

憎悪を消化するには足りないし、育て上げるには有り余る年月。そして人が変わるには、充分すぎる時間だった。

諦念を滲ませたアレクシアが身体から力を抜いた瞬間、刃が月光を反射するのが見えた。こんなときなのに、人生の最期に眼にした殺戮者《さつりくしゃ》を美しいと感じるなんて、自分は愚かなのかもしれない。

地獄の方がまだマシなのではと訝《いぶか》る状況の只中、美貌の人が淡く微笑んだ。

鮮烈な赤が網膜に焼き付く。どこもかしこも夥しい量の血に汚れている。だがその悍ましさを凌駕《りょうが》して、アレクシアが探したのはセオドアの瞳に宿っていたかつての光だった。

――あのね、私、ずっと貴方《あなた》に会いたかったの……――ごめんなさいって伝えたかったな……

ゴードン家の人間を皆殺しにしたいほど恨まれていたのなら、今更謝罪を告げても意味はない。反対に迷惑にしかならないと思った。

どうせ今の自分は、生きていても死んでいても大差がない存在だ。

屋敷の中で、ごく限られた人間にしか認識されておらず、使用人たちからは見えないふりをされ、家族からは疎《うと》まれていた。幽霊も同然だろう。

ならば今夜ここで消えても誰も困らないし悲しまない。

少しでも心に留めてくれている可能性があった人々は、全員先に逝《い》ってしまった。だとしたら、何を惜《お》しむ必要があるのか。

——もう、いいや。

自分で意識していた以上に、疲れていたのかもしれない。ただ漫然《まんぜん》と息をして食べて眠るだけの毎日に。ならば全部放棄してしまいたい。

大好きだった初恋の相手に幕引きをしてもらえるなら、悪くない気もした。本来十年前に死んでいた身だ。

アレクシアは虚無感《きょむかん》に苛《さいな》まれ、眼を閉じた。どんな形であっても、最期にこうして心残りが僅かでも解消されたなら、幸せなことだ。会いたくてたまらなかった人の姿を眼に焼き付けて逝けるのだから。

ふっと、アレクシアの肩から全ての力が抜けた。その刹那、割れた窓から風が吹き込んでくる。

カーテンを揺らす程度の微風。だがアレクシアの前髪を乱すには、強い風だった。

「……！」

いつまで経《た》っても、覚悟した痛みは襲ってこない。それどころか密着していたせいか、セオドアが息を呑んだのがアレクシアに伝わってきた。

彼の戸惑いを感じ、覚悟を決めて閉じていた瞼《まぶた》を押し上げる。するとセオドアは、手にしていた剣を緩々と下ろすところだった。

チリッと右眉の上からこめかみにかけ疼《うず》くのは、そこを凝視されているのが分かったから。

信じられないものを見た顔で、彼の眉間に皺《しわ》が寄った。

「――……その、傷は？」

暗闇の中でも、赤く歪《いびつ》な傷痕は見えたのだろう。やや盛り上がったそこへ、剣を鞘《さや》に納めたセオドアの指先が触れた。

「こ、これは……」

「十年前にはなかったでしょう。いつ、どうして」

咎められているようだと感じたのは、アレクシアに『彼には知られたくなかった』気持ちがあったためだ。

セオドアを追いかけて無茶をした挙句《あげく》、目的も果たせず無様に負った怪我。責任の全ては己自身にあるものの、事実を述べれば相手がどう感じるかは定かではない。

ひょっとしたら彼が自責の念に駆られる可能性もゼロではなく、もっと正直に言えば、他でもないセオドアに醜い傷痕を見られたくないのが一番大きな理由だった。

可愛らしいお嬢様、と笑ってくれた少年時代の彼を思い出す。

あれは仕える主人の娘に世辞を言ったに過ぎないとしても、アレクシアは舞い上がるほど嬉しくて仕方なかった。憧れの人に『可愛い』と褒められれば、子どもであっても感激するに決まっている。

その日以降数えきれない回数思い出しては、身悶《みもだ》えしつつ頬を真っ赤に染めていた。寝る前に喜びを噛み締めるのがアレクシアの習慣になったほどだ。

大怪我を負い、二度と会えなくなったと知った日からは記憶の底に封じ込めていたけれども。

その記憶が鮮やかによみがえり、アレクシアは咄嗟に顔を彼から背《そむ》けた。

引き攣れた傷痕は完全に塞がり、今は天気の悪い日に時折疼くことがあるだけだ。けれど今夜は、十年前に戻ったかのように激しく痛んだ。

熱くて、爛《ただ》れてしまいそう。硬く引き攣れた皮膚を掻《か》き毟《むし》りたい衝動に駆られ、アレクシアは片手でそこへ触れた。

「む、昔ちょっと怪我をしたの」

「確かに新しいものではありませんね。ですがこれだけの痕が残っているのなら、ちょっと言うほど浅いものではなかったはずです。それもお顔を……――貴女《あなた》に、何があったのですか」

つい先刻までアレクシアの命を断とうとしていたくせに、こんな傷痕如きを気にするなんてどうかしている。整合性のないセオドアの言動にこちらの困惑がより増した。

問い詰める男の口調には、納得のいく返答があるまで引かない決意が感じられる。はぐらかそうとしても、許される雰囲気《ふんいき》ではなかった。

「……貴方に、関係ないわ」

「気になります。答えてください。――まさか、この傷のせいで婚家から戻されたのですか？」

中途半端に察しの良さを発揮して、当たらずといえども遠からずの回答に彼は行きついた。正確には、初めから適当な嫁ぎ先が見つからなかっただけだ。

アレクシアの両親が流した『娘は遠方に嫁いだ』という嘘を信じていたらしいセオドアは、アレクシアが今夜ここにいる理由をそう結論付けたらしい。

――待って。それじゃ彼は、私が屋敷の中にいないと思っていたということ……？

その上で、今夜犯行に及んだの……？

ではセオドアにとってアレクシアは『殺したい相手』の中にいなかったということだろうか。

分からない。

判断を下すには材料を欠いている上、冷静さも足りやしない。回らない頭でいくら考えても、アレクシアには全てが謎だった。

「……娘であっても、利用できなくなれば安易に切り捨てるのか」

吐き出された声音《こわね》は、凝った憎悪を孕《はら》んでいた。アレクシアの傷跡を辿っていた彼の指先が、そのまま頬を滑って唇に至る。その間瞬きもできずに、アレクシアはセオドアと見つめ合った。

彼の意図がまるで読めない。細められた眼差しは冷え冷えとし、感情の機微《きび》を窺う余地もなく、紡《つむ》がれる言葉は断片的で、セオドアの心情を察するには不充分だった。

そのせいで肯定も否定もできず押し黙る。アレクシアが結婚適齢期を過ぎても実家にいる理由は違っても、切り捨てられたという一点においては、まさしくその通りだったからだ。

「……私を、殺すのではないの……？」

「目撃者は消します。殺人者として捕まるつもりは毛頭ありません」

冷徹《れいてつ》に言い放ちつつも、彼は再び剣を抜こうとはしなかった。

逸らせない視線が熱を帯びる。ランプの灯が揺れ、陰影が妖《あや》しく踊った。光をなくしたセオドアの瞳とは裏腹に、皮肉なほど夜空には星が広がっている。月にかかっていた雲が晴れ、一際闇が照らされた。

「やっと念願を果たしたのに、足がつく真似などしませんよ」

嫣然《えんぜん》と微笑む姿は、人間離れした麗《うるわ》しさだった。天使か悪魔か。解釈は受け取り手次第だろう。どちらにしても人ならざる者の領域。

彼の手がアレクシアの首にかかり、ぐっと圧を掛けられる。すぐに呼吸が苦しくなり、アレクシアは唇を戦慄かせた。

斬《き》られて一瞬の苦しみで終われると思ったが、どうやら甘かったようだ。じりじりと首に食い込む男の指が痛みと息苦しさを与えてくる。

頭の奥がカァッと熱を持ち、視界が赤く染まった。立っていられなくなった身体が傾ぎ、意識が遠退いてゆく。

抵抗する気がなかった手は、固く握り締めた。セオドアを押しやるつもりも暴れる意思もない。ただ閉じた眦《まなじり》から涙が一粒溢れたとき――

アレクシアの唇に柔らかなものが押しつけられた。少しだけかさついていて、温かい何か。

緩んだ口の隙間から侵入してきた弾力がある肉厚なものに、己の舌を搦め取られる。

混じり合う吐息。他者の体温。

その正体を探る前に、アレクシアの意識はプツリと途切れた。


昔から、高いところが好きだった。

木に登れば、その分空が近くなる。勿論高い建物の方がより雲を間近に感じられるけれど、それよりも自分の手足を使って必死に登った先にある、達成感の方が大事だったのかもしれない。

アレクシアは生まれつき運動神経に恵まれ、好奇心旺盛だったこともあり、物心ついた頃には両親の眼を盗んで庭園内の木を片っ端から制覇していった。

幹がツルツルであったり、枝ぶりがすっきりした大木も、工夫して道具を使えばどうにかなる。

攻略方法を考えることも楽しくて、裕福な家の娘としては考えられない趣味に夢中になった。

　だが十歳になった娘の度を越えたお転婆《てんば》ぶりに手を焼いた両親からこっぴどく叱《しか》られ、更にはお気に入りだった木を伐《き》られてしまったこともあり、表向きアレクシアは木登りを辞《や》めた。

　しかし人間そうそう簡単に大好きなことを諦めきれるわけもない。

　結局は、隠れてこっそり己の欲求を満たす方法を覚えただけだった。

『ああ……風が気持ちいい』

　太い枝に腰を掛け、両足をぶらぶらと揺らす。遠くまで視界が広がって、吸い込んだ空気は緑の香りがした。この数日感じていた息苦しさは、瞬く間に霧散《むさん》する。時にはこんな息抜きが大事だと、アレクシアは大きく深呼吸した。

『毎日淑女教育ばっかりなんて、本当に嫌になっちゃう。それもこれも全部、いい旦那様を見つけるためなんて……どうせ勉強するなら、私だってお兄様みたいに経営学や歴史、数学を学びたいのに』

　女子に余計な知識は必要ない。それが父と母の方針だ。無駄に賢《さか》しらぶると、男性から疎《うと》まれることになるらしい。女に必要なのは良き妻良き母になる準備だけ。それ以外は邪魔だと言わんばかりの両親には心底うんざりさせられる。

しかし無力な子どもでしかないアレクシアには、親に従う以外選べる道があるはずもなかった。

『……私も、いずれはお父様が決めた人と結婚するのかな……？　――嫌だなぁ……』

今日はダンスの教師が急用で来られなくなったため、たまたま時間がぽっかり空いた。

その隙に、胸の内で蟠《わだかま》るモヤモヤを吐き出したくて、アレクシアはこうしてよじ登った木の上で遠くを眺めていた。

両親のことは嫌いではない。考え方の差を感じることは多々あっても、自分の家族であることには変わりなかった。多少の煩《わずら》わしさはあるが、大事な人たちだ。

しかし時折、溺《おぼ》れそうなほど息苦しさを感じてしまうのも、また事実だった。

――お父様もお母様も、全ては私のためだとおっしゃるけれど……本当に？

今の世の中、自立を目指す女性も数は少ないがいないわけではない。立派に起業し、成功を収めている女傑《じょけつ》もいる。

因習《いんしゅう》を大切にする貴族社会ならいざ知らず、ゴードン家は父が一代で財を築いた商家だ。女は家の中でじっとしているべしなんて黴《かび》が生えた考え方に固執する必要はないのではないだろうか。父の経営する会社で働く女性も増えつつあった。

家は兄が継ぐので、両親が妹のアレクシアには婚姻《こんいん》から得られる利益を期待しているのは理解できる。

それでももう少し、アレクシアの希望を聞いてくれてもいいのにと思わずにはいられなかった。

『贅沢な悩みなのかな』

不自由のない生活を送らせてもらい、ないもの強請《ねだ》りをしているだけかもしれない。アレクシアはふっと息を吐き出して、青い空に向かい手を伸ばした。

『――お嬢様、危ないですからちゃんと摑まっていてください』

太陽の眩しさに眼を細めた刹那、地上から叱責が飛んできた。下に視線を向ければ、案の定そこにいたのはセオドアだった。

『よく、私がここにいるのが分かったね』

『奥様が探していらっしゃいましたよ。ダンスの先生がいらっしゃらないのなら、代わりにピアノの練習をしなさいと』

『まさか私を連れ戻すために探しに来たの？』

だとしたら、随分意地悪だ。アレクシアがつい口を尖《とが》らせると、彼は苦笑して両手を広げた。

『用件はお伝えしたので、僕の仕事はこれで終わりです』

『……！　ありがとう、セオドア！』

母に命じられた通り伝言はした、連れ戻すことまでは義務ではないと言いたいのだろう。大方アレクシアが部屋にいないことに気がついた母親が、彼に探して来いとでも言いつけたに違いない。

『頑張って探しましたが、残念ながら見つけられませんでしたと報告すれば、ご納得いただけるはずです。何せゴードン家のお嬢様が十歳にもなって、こんな立派な木の遥か上方にいらっしゃるとは誰も思いませんから』

『……ちょっと嫌味っぽい』

再びアレクシアの唇がキュッと窄《すぼ》められる。こちらを見上げていたセオドアは、柔らかく微笑んでくれた。

日差しを受けて、彼の黒髪がより艶めく。端正な顔立ちが破顔すると、どうしてだかアレクシアはドキドキしてしまった。

それに自分をあっさりと見つけたのがセオドアだと思うと、それも胸を温もらせる。アレクシアが何を求め何を好むかを熟知していないと、到底できないことだ。

――――私、セオドアが見つけてくれて嬉しいと思っている……

さながら、初めからそれを期待していたみたいだ。一人になりたいと思っていた気持ちは、根こそぎどこかへ消えていた。

四つ年上の、素敵なお兄さん。生まれたときから傍にいてくれた彼は、『使用人』以上の存在になっている。

淡い感情は日々膨らむばかり。けれどこれ以上育ててはいけないことも、アレクシアは理解していた。

――いつまでも子どものまま甘えてばかりじゃ駄目だよね……

幼さを理由にして、彼と一緒にいられる時間はあとどれくらい残されているのか。いずれは口を利《き》くことも稀《まれ》になる。交わるはずのない二人の道は、今後どんどん離れてゆくのみ。立場が、違うから。こちらの希望を押しつければ、困るのはセオドアの方だった。

それがたまらなく寂《さび》しい。

こみ上げる寂寥感《せきりょうかん》から眼を逸らし、アレクシアはあえて笑みを取り繕った。

『セオドアもここまで上ってくればいいのに！　とっても気持ちがいいよ』

『ご冗談を。お嬢様、本当に気を付けてくださいね。その高さから落ちれば、無事では済みませんよ』

彼の小言の根底には、できるだけアレクシアの好きにさせてやろうという気持ちが滲んでいる。

両親のように頭ごなしに『やめろ』と言うのではない。『みっともない』からではなく、『危ない』からと、こちらを心配してくれているのも心地よかった。

だからこそ素直に従いたくもなり、同時に甘えたくもなるのだ。

『……もうちょっとだけ』

『仕方ありませんね。ですが間もなく庭師がこの辺りの手入れに来る時間です。それまでには下りてくださらないと困りますよ』

セオドアはまだゴードン家の正式な使用人ではなく、あくまでも下働きを任されているに過ぎないが、庭師の動向まで把握しているのは驚きだった。

頭がいいことは知っていたけれど、周りをよく見ているらしい。まるで優秀な執事のようだ。彼の有能さに驚きつつ、アレクシアは切なさと胸の高鳴りを味わった。

――最近、セオドアのことを考えるとどうしようもなく心臓がおかしくなる。

以前から彼のことはとても好きだが、その思いの種類が変わってきているような――会いたくて一緒にいたいのに、顔を合わせると落ち着かない。もっとしゃべりたいけれど、上手く口が回らなくなったりもする。実の兄に対しては、こんな気持ちになったことがなく、不思議でならない。

その上、深く突き詰めてはいけない気がした。

急に座り心地が悪くなった気がして、アレクシアは枝の上で軽く身じろいだ。その瞬間、気がそぞろになっていたせいか、体勢が大きく崩れる。

『あ……ッ』

傍らの枝を掴み損ねた手が宙を掻いた。ずるっと尻が滑り、浮遊感に襲われる。

落ちる、と感じたときにはもう、アレクシアの身体は地面に向かって放り出されていた。

『きゃぁあぁッ』

『お嬢様！』

バサバサと枝にぶつかりながら身を丸くした。せめて頭を守らなくては。咄嗟にそう考え、衝撃に備えたのだが。

痛みは、確かにあった。

途中で枝にぶつけた場所も擦り傷も、落下して強《したた》かに打ち付けた箇所も全てが鈍痛《どんつう》を訴えている。

だが想定していたほどではない。もっととんでもなく大変な目に遭《あ》うと覚悟していたのに、アレクシアの指先も脚も、問題なく動かせた。

『……え……？』

恐る恐る薄眼を開けたアレクシアは、愕然《がくぜん》とした。

てっきり地面に叩きつけられたと思った自分の身体は、セオドアに抱きかかえられる形で共に転がっている。頭にはしっかりと彼の腕が巻き付き、守られていた。

その上、アレクシアは今、セオドアを下敷きにしているではないか。

『ちょ……っ、セオドア！』

十歳の子どもでも、体重はそれなりにある。まして高い位置から落ちたのなら、受け留めた衝撃は計り知れない。十四歳の少年の腕力では抱えきれなかったに決まっていた。

『しっかりして、大丈夫……っ？』

大慌てで彼の上からどき、アレクシアはセオドアの苦悶に歪んだ顔を覗き込んだ。下手をしたら、どこか骨が折れている可能性もある。

本当なら自分が受けるべき怪我と痛みを、彼が代わりに引き受けたのだと理解し、血の気が引いた。

『何故こんなことを……！』

『ああ……お嬢様、お怪我はありませんか？』

『そんなの……貴方の方が大変じゃない！』

綺麗な額には血が滲んでいる。万が一強く頭を打っていたらと考えると、アレクシアは叫び出したいほどの恐怖を覚えた。

『お医者様を呼んでくるから、動かないで！』

『これくらい、平気ですよ』

『嘘言わないで。ああどうしよう……私のせいで……』

自分の無謀さのせいでセオドアを傷つけてしまった。申し訳なさと後悔が去来する。とにかく助けを呼ぼうとして立ちあがりかけると、彼の手がアレクシアを引き留めた。

『……本当に大丈夫です。ですからどうか、泣かないでください。可愛らしいお顔が台無しです。僕は貴女が無事でいてくだされば、それでかまいません』

アレクシアは自身が涙をこぼしていることに、言われて初めて気がついた。

頬を濡らす滴《しずく》をセオドアに拭われ、心臓が大きく脈打つ。紫がかった青の瞳の美麗《びれい》さに、吸い込まれそうになった。

『痛いでしょ？　我慢《がまん》しないで……ごめんなさい、セオドア……』

『謝る必要はありません。僕が勝手にしたことです。お嬢様に怪我は似合いませんから』

『貴方の方が、ずっと似合わないよ……』

アレクシアとは比べものにならない、よほど綺麗なものに傷を負わせた。その罪悪感で涙は一向に止まらなかった。

全てこちらの不注意が引き起こしたことなのに、彼は欠片もアレクシアを責めない。それどころかセオドアの双眸に浮かぶのは、誠実な労《いたわ》りだけだった。

――ああ……私……

『本当にごめんなさい。そんなつもりじゃなかったの……』

『分かっています。ですが反省してくださるなら、謝罪ではなくて礼を言ってください。僕はその方が嬉しいです』

『お礼……？』

そういえばまだ、助けてもらった感謝の気持ちを伝えていない。

ゆっくり上体を起こしたセオドアは痛みにやや顔をしかめたものの、取り返しのつかない怪我は負っていないようだった。

十四歳の少年は、どこか中性的な魅力を宿している。細い手足は伸びやかでも、逞《たくま》しさとはほど遠い。

線の細い美少年と表現した方がしっくりくる。

だが彼が身体を張ってアレクシアを守ってくれたのだと思うと、急激にこの上ない頼り甲斐《がい》を感じた。誰より身近な『お兄さん』が、完全に形を変えたのが自分でも分かる。

速度を上げた心音は、木から落ちた衝撃のせいではない。セオドアに傷を負わせてしまった恐怖のためでもなかった。

ドッドッと内側から胸を叩かれて、僅かに苦しい。頬へ熱が集まってゆく。彼から真っすぐ見つめられているという事実にのぼせてしまいそうだった。

『……あ、ありがとう……セオドア……私を庇《かば》ってくれて……』

『いいえ。お嬢様は僕の宝物です。傷つかなくて、心の底からホッとしています』

甘い台詞は、あくまでも使用人から主へのサービスの一環かもしれない。彼に特別な感情はないと思う。

それでも――今日の思い出を忘れることはないとアレクシアは強く思った。


目覚めて最初に見えた天井に、覚えはなかった。

両親に見切りをつけられて以降、アレクシアに割り当てられている部屋は狭《せま》く、装飾は施されていない。それこそ使用人部屋と大差ない一室だったのだ。

それがどうだろう。

天井にまであしらわれた見事な模様と、そこから下がる上品なシャンデリア。壁は清潔感のある白を基調にして、窓枠は瀟洒《しょうしゃ》な金細工で飾られている。

何よりもアレクシアが寝かされていたベッドが極上の品だった。柔らかく身体が沈み込みそうなのに、きちんとした弾力もある。とても大きくて、ゴロゴロと転がっても落ちることはなさそうだ。

かけられた布団は軽く暖かい。いい匂いがして、換気が悪く滅多に洗濯どころか干してももらえずにじめじめとしていた寝具とは段違いだった。

「……ここは、どこ？」

室内を見回せば、チェストや椅子、テーブルなどの調度品も一目で一級品だと分かった。広々としており、日当たりは抜群。置かれた家具と内装の全てが格式高く趣味がいい。こんな部屋は、ゴードン家のどこにもなかったと思う。

近年は屋敷の中に関してほとんど知らないからアレクシアに断言はできないものの、少なくとも華美で最先端のものを好む母の趣味とはそぐわないはずだ。

「昨日、何があったのだっけ……？」

頭に靄《もや》が掛かっているのかと疑うほど、記憶がぼんやりしている。何か、衝撃的なことがあった気もするが、いまいち思い出せない。考えることそのものを邪魔するかの如く、こめかみ辺りがチリッと痛んだ。

「……っつ……」

アレクシアは上体を起こしながら傷痕に触れた。そうしてふと見下ろした格好に忙《せわ》しなく瞬く。

「え……？」

自分が身に着けていたのは、惜しげもなくレースをあしらった絹《きぬ》の寝衣《しんい》だった。淡い光沢を放ち、滑らかに身体を包んでくれている。微《かす》かに肌が透ける様も美しく、相当な高級品であることは確実だった。

「どういうこと？」

幼い頃ならまだしも、最近のアレクシアの寝衣は木綿《もめん》が当たり前だった。昼間の服でも、高価なものはもう何年も与えられていない。人前に出る機会はないから、それで支障はなかったし不満も抱いてはいなかったのだが、一体全体どういうことなのか。

着替えた覚えは勿論ない。そもそもこれは自分のものではなかった。当然借りた記憶もない。

ジクジクとした痛みは、顔の傷痕だけでなく脚にも広がっていた。そこには、額よりもっと醜い痕が残っている。

もしも他人が着替えさせてくれたなら、右太腿《ふともも》に走る引き攣れはハッキリ見られてしまっただろう。あまり人様にお見せしたいものでもなく、アレクシアは当惑の息を吐いた。

「昨晩は、ぼうっとしている間に眠っていたのだっけ……？」

何か懐かしい夢を見た気もするが、よく思い出せない。戸惑いつつ、とにかくベッドから抜け出そうとして室内履きを探した。

その瞬間、不意に嫌な感覚が脳裏をよぎる。

生温かく滑る液体を踏んだ感触。室内履きにジワジワと染みこむ赤。

ザワッと肌が粟立《あわだ》ち、アレクシアは昨夜のことを唐突に思い出した。

「あ……ああ……っ」

母の誕生パーティーが開かれていたはずの会場で、大勢の遺体を見た。その中には家族も含まれている。両親と兄。

彼らはあの後、どうなったのだろう。そもそもアレクシアもあの場で命を断たれたはずが、何故こうして朝を迎えているのか。

そっと己の首に触れてみれば、微かに痛みがあった。

だが斬《き》られてはいないし、おかしな腫《は》れもない。ほぼ無傷だ。慌てて全身を検分してみたけれど、古傷があるだけで何も損《そこ》なわれてはいなかった。

「どういうこと……もしかして、全部夢？」

だとしたら、どこからどこまでが。

セオドアと再会を果たしたことも彼に殺されかけたことも、全部妄想に過ぎなかったのだろうか。それとももっと前、自分が癒《い》えない怪我を負ったところから？　彼と離れ離れになったこと自体、丸ごと悪夢でしかなかったとしたならば。

混乱の極致でアレクシアが呆然としていると、ノックもなく部屋の扉が開かれた。

「――眼が覚めましたか」

そこに立っていたのは、今まさにアレクシアの頭をいっぱいにしている人だった。

昼間の陽光の下で見ても、視線を奪われるほど美しい。記憶にあるよりも逞しくなった身体つき。伸びた身長と落ち着いた佇まい。大人の男性の魅力が加味されて、圧倒的な存在感を放っていた。

だがやはり、瞳に宿っていたはずの煌めく星は、完全に消えている。

「セオドア……」

「朝食と呼ぶには遅いですが、食事にしますか？」

昨日の惨劇などなかったかのような平然とした彼の様子に、アレクシアは動揺した。やはり夢だったのかと儚《はかな》い希望を抱く。いっそ、そうならいい。

辛いことも残酷なことも全て、幻《まぼろし》であってくれたなら、それが一番救われる。

しかしそんなはずはないと、瞬時に思い直した。

「食欲なんてない。それよりも、ちゃんと説明して……！」

曖昧にごまかしたまま避けて通れる問題ではないはずだ。明るく清潔感のあるこの部屋と、昨晩の記憶がどうしても繋がらず、アレクシアは自らの身体を両腕で抱きしめた。

今も鼻腔の奥には悪臭が漂っている気がする。血で滑る床と、汗まみれの掌《てのひら》の感触も思い出した。五感の全てがささくれ立つ。自然、呼吸が乱れたのは至極当然のことだった。

「説明？　何をでしょう。僕が貴女の家族と使用人を皆殺しにしたことでしょうか？」

「……っ！」

悍ましい台詞は、耳が捉えても上手く咀嚼《そしゃく》できなかった。いや、アレクシアの理性が理解を拒んでいる。

とうに答えは分かっていたはずが、未だ心が拒否しているからだ。

酷薄《こくはく》な笑みを刷《は》いた男が、長い足で悠然と部屋の中へ入ってくる。広い部屋であるのに、僅か数歩で彼はアレクシアの座るベッドまでやってきた。

こちらは腰かけたままなので、見上げる形になったセオドアは、昨晩よりも大きく圧迫感を伴って感じる。ひりつく空気の中、アレクシアは自らを抱く腕が強張るのが分かった。

心臓が痛い。息が苦しくてたまらない。

昨夜直面した命の危機よりも、もっと追い詰められている心地がする。

喘《あえ》ぐ勢いで必死に呼吸を繰り返すアレクシアに、彼は唇だけで笑顔を取り繕い、傍らの椅子に腰かけた。

「聞きたいことは何ですか？　どうやって彼らを殺めたかでしょうか。僕は銃をあまり使いません。如何《いか》せん、音が大きいですからね。それなら、急所を一刺しした方が正確で簡単なんですよ」

「やめて……っ！」

制止しなければ、セオドアは殺害方法を詳細に話し出しそうに思えた。かつては優しかった双眸が、今は昏く淀《よど》んでいる。さながらアレクシアという獲物を甚振《いたぶ》る悦《よろこ》びに、打ち震えているようだった。

「違うのですか？　では何をお知りになりたいのでしょう」

半眼になった彼の頬に、睫毛の影が落ちる。滑らかな肌は、陰惨な夜の記憶など幻だったかの如く霞ませた。

落ち着き払ったセオドアは、罪悪感や後悔など微塵も抱えていないように見える。人であれば当然の躊躇《ためら》いも見当たらなかった。普通なら加害者と被害者家族として、何らかの軋轢《あつれき》が生まれるものだ。平常心を保ったまま静かに語り合えるはずもない。

それなのに彼から滲むのは、ごく日常の挨拶をする程度の温度しかなかった。

「……本気で言っているの……？　昨日、自分が何をしたか、分かっていないの……？

あ、貴方がゴードン家に押し入って私の家族や使用人たちを殺したんじゃない……！」

口にすると尚更事実の重さが胸に圧《の》し掛かった。

だが当の本人は動揺する様子もなく、顔色を変えることもない。平然として優雅に足を組んだのみだった。

「ええ。もっとてこずるかと思ったのですが、存外あっさりとしたものでした。事前に薬入りの酒を仕込んでおいたので、計算通りに眠ってくれたのも都合がよかったです。まぁそれが上手くいかなくても、あの屋敷の警備はずさんですね。腕もたいしたことがない。ほとんど何の役にも立っていませんでした。それから使用人たちの質も悪い。いくら顔見知りの業者に無礼講だと唆《そそのか》されたとしても、勤務中に飲酒するとは責任感が足りないと思いませんか？」

つまり、全ては入念に準備されていたということだ。

セオドアはあの日、ゴードン家でパーティーがあると知った上で、犯行に及んだのだとアレクシアは理解した。

「……そんなに私たちを恨んでいたの……だから計画を立てて復讐したの……？」

十年前、彼の両親の罪により屋敷を追い出されて以降、想像を絶する辛酸《しんさん》を舐《な》めたのだろうか。どれだけ年月が経っても憎しみは消えず、逆に熟成されたのかもしれない。

――確かに、父の仕打ちはセオドアに対してあまりにも非道だった。でも、いくら何でも酷い……無関係の使用人たちまで――それに、これは逆恨みと言えなくもないじゃない……

未だ心が追いつかなくて、アレクシアは何に憤ればいいのかも判然としなかった。悲しみと恐怖もぐちゃぐちゃになっている。自分の心も見えないほど、嵐の只中にいる気分だ。

唯一ハッキリしているのは、もう過去には戻れないということだけ。己自身も、彼も。

「恨んでいたことと、計画を立てたことは正解です。数か月前から情報を集め、出入りの業者や使用人を手懐《てなず》けて、少しずつ接近していましたから。ですが――復讐とは違いますね」

強い憎悪がなければ、到底あんな惨劇は引き起こせない。そして通常、憎しみ故の犯罪を復讐と呼ぶのではないか。それなのに前提を否定するセオドアに、アレクシアは戸惑った。

「じゃあどうして……もしかしてお金？　それならあんなに大勢の人を殺める必要はないじゃない……！」

強盗目的なら、被害を抑えることも可能だったはず。

酒に薬を仕込んだのであれば、屋敷全体が寝静まるのを待てばよかったのに。

「金……はあながち間違いではありません。それに『僕の』復讐ではないという意味なので、『別の誰かの』という意図《いと》であれば、それも正解ですね」

彼のわざとはぐらかす物言いには苛立ちが募った。完全に弄ばれている。アレクシアが視線を険《けわ》しくすると、セオドアが喉奥で嗤《わら》った。

完全にこちらを見下している嫌な冷笑だ。幼い頃の輝いていた思い出を穢《けが》された心地になる。宝物だった記憶を黒く塗り潰されるのに似た不快感が、アレクシアの内側で大きく膨らんだ。

「……貴方は、誰」

「セオドアですよ。一目で分かってくださったのに、つれないことをおっしゃる。急にどうされたのですか」

長く形の良い指で黒い前髪を掻き上げる彼は、こちらの視線を釘付けにする術を心得ているとしか思えなかった。

実際、アレクシアは瞬きすらできず、セオドアを凝視している。

艶やかでサラサラの黒髪が指からこぼれ、額に落ちかかる様から眼が離せない。短く切りそろえられた爪《つめ》が、思わせぶりに唇の端をなぞるまで、息を凝らして見つめていた。

二人きりの室内で触れ合えるほど近くにいる。それなのに絶望的にかけ離れていた。何を告げても空回りする予感。届かない言葉に溺れかけ、アレクシアの腕に自らの爪が食い込んだ。

「……あまり強く腕を掴むと、傷になりますよ」

やんわりと彼から注意され、惑乱《わくらん》に拍車がかかった。

そんなことは今どうでもいいはずが、本気で心配されている錯覚に陥《おちい》る。これがもし彼の作為的なものだとしたら、大成功だ。

アレクシアはすっかり惑《まど》わされて、自分が置かれている状況をますます見失った。

「爪痕《つめあと》くらい……かまわない……」

「駄目です。貴女を傷つけてもいいのは、僕だけだ。お嬢様自身にも、その権利はない」

懐かしい『お嬢様』の呼び方に乱された心が、行き場を失った。こみ上げる気持ちに名前がつけられない。懐古《かいこ》と狼狽《ろうばい》。それらが忙しく明滅する。

愚かにも涙ぐみそうになった瞳を、アレクシアは瞬きでごまかした。

「馬鹿なことを言わないで。それよりも、貴方は我が家を恨んでいた。だから両親たちを殺したのではないの……っ」

「恨み程度で、あんなことはしません。利益が見合わないではありませんか。僕もまだ破滅する気はないですし、失うものも抱えている。でも『仕事』となれば話は別です」

「仕事……？」

会話するほど迷路に迷い込む気がした。

セオドアの語る内容は何もかもが予想を逸脱《いつだつ》している。理解の範疇《はんちゅう》を越えていて、アレクシアは眩暈《めまい》を覚えた。

――仕事って……どういうこと？

他人の家を襲い、命を奪うこと。そんな仕事、聞いたことがない。それも彼の復讐ではなく、他の誰かのだと匂わせられ、困惑した。

「依頼がありまして、報酬も充分だったので引き受けました。もっとも、本来であれば僕が現場に出る必要はない案件です。これでも組織を纏める立場ですから。でも積年の憎しみを晴らし、悪縁を断ち切るのも悪くないと思い、自ら手を下しました」

「何……言って……」

グルグルと不穏な単語が頭を巡る。耳から入った言葉はどれも上手く咀嚼できなかった。

アレクシアは小刻みに震える肢体を宥《なだ》めようと、一層力強く自分を抱く。けれど一向に治まらない戦慄きは、大きくなる一方だった。今や顎の辺りまで、痙攣《けいれん》じみた震えが広がっている。

「十年前、ゴードン家を追い出された僕は、路頭に迷いました。十五の子どもが何も持たずに放り出されたのだから、当然ですよね。嵐の中、途方に暮れ、どうにか首都に辿り着いたものの……まともな職につけるわけもない。それはもう、口にするのも憚ましい体験を腐るほどしました」

「あ……」

きっと大変な思いをしたはずだと、アレクシアも思っていた。しかし、自分が考える以上に悲惨なものだったと彼の口ぶりから伝わってくる。所詮、生活苦に喘いだことのない小娘の発想では思いもよらない悲劇があったのだろう。

吐き捨てるように言ったセオドアの瞳が、漆黒に染まった。

当時を思い出しているのか、怜悧《れいり》な刃物めいた横顔が全てを拒んでいる。軽々しく口を挟めない雰囲気に、アレクシアは黙って続きを待つしかなかった。

「僕のこの見てくれは、他者にとってそれなりに魅力的に映《うつ》るようです。だから生きるためには、何でもしましたよ。ええ、正に『何でも』ね——客や金、食べ物を盗《と》った盗《と》られたで、命がけの喧嘩《けんか》は日常茶飯事。人を傷つけることに一片の躊躇いも感じなくなるまでに、時間はかかりませんでした。そんな最底辺の生活をしているとき、もっと能力を生かせる仕事につかないかと誘ってくれる人がいたんです」

それが好ましい誘いではないことは、聞くまでもなかった。

救いに見せかけて、更なる地獄へ引きずり込む甘言。劣悪な環境から抜け出そうと足掻《あが》く者にとっては、選択肢がないのと同義だっただろう。彼が相手の手を取ったとしても、誰に責めることができるのか。

セオドアの苦境を正しく思い描くこともできていなかったアレクシアに、言うべき言葉は見つからない。ひたすらに気圧《けお》され、いつしか自らを抱きしめることも忘れていた。

「仕事は、すぐに慣れました。どちらにしてもこれまで生きるためにしてきたことと大差ありませんでしたし。ただ——結果的に他者を傷つけるのではなく、目的として処理するように変わっただけです」

「処理……」

およそ人間に使う言葉ではなく、ゾッと背筋が凍《こお》った。

アレクシアの怯えが彼にも伝わったのだろう。彼は魅惑的な形の唇を綻《ほころ》ばせた。ただし、瞳は塗りこめられた闇に沈んだまま。

「僕を拾ってくれた男は、懇切丁寧《こんせつていねい》に仕事を教えてくれました。期待に応えれば跡を継がせるつもりだと言って、己の持つ技術や人脈、知識の全てを授けてくれましたよ。何でも、盛り場で喧嘩に明け暮れる僕を見て、躊躇《ちゅうちょ》なく相手を再起不能にする手腕と度胸を見込んでくれたそうです」

淡々と語られる内容の恐ろしさに、相槌《あいづち》すら打てなくなる。

セオドアは慄《おのの》くアレクシアの様子をさも楽しげに見遣《みや》った。それどころか「新鮮な反応ですね」と宣《のたま》う辺り、彼の置かれてきた環境の異常さを突きつけられた心地しかしない。

十年前、まだセオドアも彼の両親もゴードン家で働いており、平和だった当時の言動からは考えられない。あの頃の彼は、穏やかでどちらかと言えば繊細《せんさい》な、線が細い少年だった。暴力的な面を一度も垣間見せたことがなく、優しい人だったのに。

ここにいる男からは、夜の気配が濃厚に漂っている。それも月や星が一切ない、粘りつく漆黒の闇だった。死の気配と言い換えてもいい。

生き物なら感じて当たり前の『得体が知れないものに対する恐怖』が際限なく膨れてゆく。アレクシアがズリッと背後に下がったのは、無意識だった。

「――逃げるつもりですか？」

「ち、違……」

正直に言えば違わない。アレクシアの身体は、全力で逃亡したがっていた。眼前の男から少しでも離れたくて、退路を探っている。だが実際に許されたのは、視線をさまよわせることのみ。それさえ、顎《あご》に絡みついてきた長い指によって、強引に正面へ引き戻された。

「まだ話は終わっていませんよ。どこまで話しましたっけ？　――ああ、僕が先代に拾われたところまででしたね……彼は学のない僕に、貴族顔負けの教育を施しました。いずれ上流階級と取引し、組織をより強大なものにするには、立ち居振る舞いも大事だというのが、彼の口癖《くちぐせ》だったんです。跡を継がせる云々は、冗談だと思っていましたが……意外にも本気だったのだと後から分かりました」

こんなときではあるものの、アレクシアはセオドアの仕草に粗野なところがないことに、初めて気がついた。

考えてみれば奇妙だ。

彼の語った通り、酷い生活をしていたのなら、もっと言動が荒んでいてもおかしくない。それが昔以上に丁寧な口調と洗練された雰囲気は、どう考えてもそぐわなかった。立ち居振る舞いは、一朝一夕で身につくものではない。

長年の経験により培《つちか》われるもの。付け焼刃では、粗を隠し通すのは難しい。しかしセオドアの所作からは、自然な気品すら漂っていた。

今彼が身に着けている服も、上質なものだ。この部屋の内装や規模を考えても、生活に困窮しているはずがない。ならばその『仕事』とやらで、かなりの成功を収めているとしか思えなかった。

「本当に大変でしたよ。何も知らない子どもが一からたくさんのことを覚えなければなりませんでしたから。更に身体を鍛《きた》えて技術を磨いて――しかも期待に応えなければ、いつ処分されても不思議はない。まさに命懸《いのちが》けですから上達が早かったのかもしれませんね。でも努力の甲斐あって、先代は死の間際に後継者として僕を指名してくれました。以来三年間、僕はこうして組織の長を務めています」

脚を組み直すセオドアは優雅だった。見惚《みほ》れるほど絵になる。だが滴り落ちる毒は隠せておらず、厄介なのはそれがあまりにも甘美に感じられることだ。

ポタリポタリとアレクシアの胸にも黒々とした毒が沁《し》みこむ。飲み干せば、即死は免れまいと理解できるのに、先を促すかの如く耳を澄まさずにはいられなかった。

これ以上聞けば、絶対に後悔する。今ならまだギリギリ引き返せるはずだ。何も知らなかった昼間の世界へと。

――だけど戻る場所なんて、私にあるの……？

一瞬の逡巡は、自ら耳を傾けたのと変わらない。アレクシアの長い髪を一房手に取ったセオドアが、薄い唇をそこへ寄せた。

「申し遅れました。僕は報酬次第で違法な薬物や武器の入手から暗殺まで、どんなことも引き受ける『落華』を率いる者。お嬢様はご存じないかもしれませんが、この国では最も大きな裏の組織です。貴女のご家族に関しては、屋敷にいる者全て纏めて殺せと依頼があり、遂行させていただきました」

世界が壊れる瞬間にかち合ったのは、これで二度目。

最初は勿論、セオドアと引き裂かれ大怪我を負って彼とは二度と会えないと知ったとき。

だがあのときよりも、アレクシアは衝撃の大きさに眩暈がした。

十年前は無知故に、希望が持てた。セオドアはきっとどこかで生きていて、辛くても立派に生き抜いてくれていると愚かな妄想を広げることができたから。

だが今回は。

自力では到底這いあがれない深淵に、深く沈む彼が見えた。幻覚などではない。血みどろの底なし沼に自ら分け入っていくセオドアは、アレクシアの思い込みが見せた幻だけではないはずだ。

言葉なんて届くわけもない。

彼はとっくに、アレクシアが決して辿り着けない場所へ、行ってしまっていた。

「ああ……」

全部、夢ならよかった。悪夢でも、白昼夢でもかまわない。

こんな最悪の現実に放り込まれるくらいなら、永遠に目覚めたくなどなかった。いっそゴードン家の狭くじめじめしたあの部屋から一歩たりとも出なければよかったのだ。

「アレクシア様、貴方のご両親とお兄様を殺めたのは、この私です。どうぞ憎み罵ってくださってかまいませんよ」

どこか恍惚を滲ませたセオドアの言葉に、アレクシアは絶望を噛み締め、眼を閉じた。

2　花は堕ちる

薄暗い裏の社会が存在していることは、噂話程度には聞いたことがある。面白おかしく大衆紙に書かれていたからだ。

だがアレクシアが関わることは、永遠にないと思っていた。どうせ大袈裟《おおげさ》におどろおどろしく書き立てているだけだろうと。そもそも十年も前に社会から隔絶された身だ。

そんな自分は表も裏も関係なく、世間そのものから遠ざかっている。新聞にしても、部数を伸ばすために誇張しているだけだと、半分も本気にしていなかった。

——根拠のない噂に過ぎないと思っていたのに……。

関わることなんてないと信じていた暗黒は、すぐ傍で口を開けていた。その穴に転がり落ちた形のアレクシアは、呆然としたまま身動きが取れなくなっている。

屋敷が襲われ、見知らぬ場所に連れ去られて、既に一週間が経った。その間、セオドアはまるで顔を見せない。

この部屋を訪れるのは、食事を運びアレクシアの身の回りの世話をしにくる同年代の女性のみだ。彼女は無駄口を一切叩かず、表情を変えることもない。

その上、部屋の扉には外から鍵がかけられていた。これではゴードン家の屋敷で暮らしていたときよりも自由がないではないか。あの頃は一応扉の施錠はされてはいなかった。ただ外へ出ることを禁じられていただけだ。

監禁されている事実はとても心を弱らせる。しかもアレクシアの世話する女性は、どんなに質問しても宥めすかしても、一向に会話に応じてくれる気配がなかった。

いない者として扱われることに慣れていたつもりだが、こうも徹底されると流石に辛い。もしや耳が聞こえないのではと訝ったくらいだ。

眼が合うことは勿論なく、触れても華麗に躱《かわ》される。泣き落としも恫喝《どうかつ》も通用せず、これでは精神的に疲弊するのは避けられなかった。

生かされているだけ――――それも相手の目的も意図も不明なまま。摩耗《まもう》する毎日にアレクシアがほとほと疲れ果てた頃、ようやくセオドアが再びアレクシアの前に現れた。

「――――あまり食事をとっていないと聞きましたが、抗議のつもりですか？」

入室してくるなり、吐き捨てるように言った彼は、ひどく不満そうだった。苛立っているのが無表情からも伝わってくる。作り笑いさえ浮かべない整った顔立ちは、至極作り物めいて見えた。

今日のセオドアは簡素な白いシャツに黒いズボンを身に着けている。以前ゴードン家の屋敷で働いていたときと大差がない格好だ。

だが当時とは比べものにならないほど品のある佇まいと、かつてに輪をかけた美麗さは、次に顔を合わせたら色々聞き出そうと決めていたアレクシアの意気込を大いに削《そ》いだ。

「……ほとんど動かないのだから、お腹は空《す》かないわ。だいたい、こんなときに食欲があると思う？」

「貴女は痩《や》せすぎです。料理が気に入らないなら、調理人を替えましょうか？　ああ、それとも――世話を任せている女を罰《ばっ》しましょうか」

「……やめて！」

軽い口調で言われたものの、『替える』も『罰する』も文字通り受けとることはできなかった。もっと恐ろしく重い意味が含まれている気がする。そしておそらくそれは、アレクシアの思い込みではなかった。

「でしたら、残さず食べてください。僕も無駄に使用人を入れ替えるのは気が進みません」

「……私には量が多いの。今まであの半分程度しか食べていなかったから……」

両親に疎《うと》まれるようになって以降、アレクシアに与えられる食事はかなり質が落ちた。量も種類も最低限。味は二の次だ。そうするようにコックが命じられていたのか、それともおざなりの世話でいいと使用人に軽《かろ》んじられていたのかは知らない。

今更、どちらでもいい。

とにかく長年粗食を続けた結果、アレクシアの胃はすっかり小さくなっている。だからここに来てから出される食事は、いつも重く持て余していた。

「では貴女の好きなものを用意させましょう。何が食べたいですか」

「何もいらない。それより、いつまで私をここへ閉じ込めておくつもり？」

セオドアはあの晩、アレクシアも殺めるつもりだったのは間違いない。

彼は剣を鞘に納めはしたものの、その後首を絞めてきた。アレクシアが意識を失い、何故か手は緩められたが、あのまま力を込め続けられていたら、今頃眼が覚めたのはあの世だったはずだ。

それがどうして今日まで生かされているのか、さっぱり分からなかった。情報は一切遮断されている。

家族がどうなったのか、セオドアが犯人として追われているのか、まるで不明だ。意味不明の毎日が漫然と過ぎてゆくだけ。

未だに両親や兄、使用人らの死を実感することもできない。この眼で見たはずの全ては現実離れしていて、アレクシアには受け止めきれないためだ。

「――さぁ……どうしましょうか」

「……？」

混乱の中でも彼の言葉が奇異に響いたのは、そこに僅かな躊躇いを感じ取ったからかもしれない。

あまりにも小さな、心情の揺れを表す欠片。

それまで得体が知れない男に成り果てていたセオドアが、急に人間味を垣間見せた感覚。思わせぶりで傲岸《ごうがん》に振る舞っていた彼が、ほんの一瞬迷うそぶりを見せた。さながら、彼自身も戸惑っていると言わんばかりに。

――どういうこと……？　セオドアにとって、私をここへ連れて来たのは計画の一環ではないの？

裕福な家の娘を拉致《らち》するとなれば、目的は大概金だろう。

しかしゴードン家は今、それどころではないはずだ。当主である父親も、次期後継者の兄も殺されてしまった。遠い親戚たちは相続に眼の色を変えているかもしれないが、『遠くに嫁いだ』ことになっているアレクシアのことを思い出してくれる者がいるとは思えない。仮に思い出したところで――

――セオドアが身代金を要求しても……支払うとは考えにくい。

親類らとは疎遠だった。成功を収めたゴードン家に集《たか》る人々を嫌った父が、ほぼ縁を切っていたからだ。

そんな彼らが、わざわざ遺産が目減りする可能性を選ぶとは考えられず、アレクシアが消えればこれ幸いと口を噤《つぐ》むのは想像に難くなかった。

――つまり、私を助けてくれる人は現れない――

探してくれる人も、案じてくれる人もいない。現在の自分の姿を眼にしたことがある者は、使用人らを含め死に絶えた。アレクシア・ゴードンという女を認識してくれる人はどこにもいない。

アレクシアは、自分が社会的に抹殺されたことを自覚した。

「……っ、私を生かしておいても、貴方に何も利益はないでしょう」

「その通りです。ですがその言い方だと、『死にたい』と願っているように聞こえますよ」

平板な声音で告げられ、瞠目《どうもく》したのはアレクシアだった。

言われて初めて、否定できない自分に思い至る。

長い間、息を殺して生きてきた。何の楽しみも生き甲斐もなく、時間が過ぎることだけを待ち望んでいた日々。多少の自由があったところで、一生監獄に囚われているのと変わらない。

せめて修道院にやられていれば、神に祈り奉仕する目的が与えられたのに、それも両親は許してくれなかった。

生きながら腐《くさ》ってゆく毎日に、アレクシアの心は萎《しお》れていたのだと思う。どんな形であっても、『終わり』を夢見ていなかったと、声を大にして言えるだろうか。

己に問いかけ、答えは『否』だと知る。

もう疲れたと呟《つぶや》く自分がどこかにいた。だからこそあの惨劇の夜、身の危険を感じつつも階下の様子を確かめようと部屋を出たとしたら。

考えてみれば無謀だ。悲鳴が聞こえ、強盗が侵入した可能性に怯えて、それでもアレクシアが両親の言いつけを破った本当の目的は——

——私、死にたかった……？

そんなはずはないと、頭は瞬時に否定した。自分はそこまで弱くないし、絶望もしていない。明日をも知れぬ身ではなく、それなりに恵まれた生活を送れていた。

親に捨てられ、食べるものも住む場所もない幼子《おさなご》に比べたら、羨《うらや》まれる境遇にあったのに。

「ち、違うわ……っ」

「顔と脚に怪我を負ったのはいつですか？　ここ最近のものではありませんね。嫁ぎ先で事故にでも遭いましたか」

頭を振るアレクシアに、セオドアがぐっと身を乗り出してきた。平静を装ってはいるが、質問に奇妙な熱量を感じる。何故それほど醜い痕が気になるのか、疑問でならない。

しかも彼は、アレクシアの両親が醜聞を嫌い、必死に取り繕った作り話を信じ込んでいるらしい。

だが女は結婚すれば家庭に入り、表に出てくることは少ない。貴族ではないアレクシアは社交界にも縁が薄かった。そのため情報がないことを不思議に思わなくとも、不自然とは言い切れない。

「……傷痕のせいで、婚家を追い出されましたか。そして貴女の両親は、傷心の娘を『みっともない』とでも言って隠しましたか？　あの者たちなら、やりかねませんね」

「そんな……」

言い淀んだのは、否定しきれなかったせいだ。それ以上に、セオドアの口から『みっともない』と言われたことに衝撃を受けていた。

やはり誰が見ても、アレクシアの身体に刻まれた傷は、見苦しいものでしかないのだ。それをまざまざと突きつけられた。

完治した脚が鋭く痛み、こめかみも引き攣る。無意識に俯《うつむ》くと、彼は一段と声を落とした。

「……それで、死にたくなりましたか？」

「ち、違うわ。貴方の目的も家がどうなったかも分からないから、不安なだけで……っ」

積極的に死を望んだことはないと、これだけは断言できた。けれど覗き込んだ己の内側は、思っていた以上に爛れていた。疲れ果て、空虚な穴がそこかしこに生じている。

自発的に生を放棄するつもりはなくても、いざ死に直面した際、アレクシアが足掻くかどうかは、甚《はなは》だ疑問だった。その事実に愕然としたのは、アレクシア自身だ。

――そうだ……私はあの夜、セオドアの手が自分の首にかけられても、抵抗しようとは思わなかった……

「――ゴードン家がどうなったのか、知りたいですか？」

思わぬ結論に固まっていたアレクシアの眼前に、セオドアが手にしていた新聞を何部か放った。

一面には、富豪であるゴードン家の悲劇が写真付きで掲載されている。それを眼にしたアレクシアは、彼が一つ目の疑問――『貴方の目的』をはぐらかしたことに気づかず、震える手で新聞を開いた。

「……強盗に襲われ、邸内にいた人間は全員殺害……しかも屋敷に火を放たれ、証拠は喪失……目撃者はなし……」

おどろおどろしい言葉が並べられ、巷《ちまた》の人々にとってゴードン家の事件が最高の娯楽として消費されていることが伝わってくる。今一番熱い話題なのか、他の新聞にも勝手な憶測や妄想が面白おかしく書き立てられていた。

「そんな……」

ひょっとしたら誰か一人くらい生存者がいたのではないかという淡い期待は打ち砕《くだ》かれた。

更に、どこにもアレクシアの名前は見当たらない。嫁いだ娘がいるという一文すら、隅々まで読み込んでも発見できなかった。

――まるで私は、最初からどこにも存在していなかったみたい……

当事者を置き去りにして、世間は盛り上がっているらしい。新聞の日付を確かめれば、事件の翌日から今日まで、ずっと大きく紙面を割《さ》いている。

だがこれといった進展はないのか、今日の記事はどこの社も『如何にアレクシアの父が同業者に恨まれていたか』『母親の常軌を逸《いっ》した浪費癖』『跡取り息子の女性問題と莫大な借金』に終始していた。まるで被害者に非があり、殺されても仕方がなかったと言わんばかりだ。

しかしそういった論調の方が一般市民には受けるのだろう。

自分たちには関わりのない、鼻持ちならない大金持ちが何らかの罰を受けた――そんな歓声が聞こえてきそうな心地がした。

――セオドアは依頼を受けて私の家族を殺したと言った……この新聞を読むだけでも、あちこちから恨まれていたのが分かる……

屋敷の奥深くに軟禁されていた、世間知らずのアレクシアには計り知れないが、紙面には怨嗟《えんさ》と興奮が渦巻いている。醜い乱痴気騒《らんちきさわ》ぎは、生き残っているアレクシアを責めている錯覚をもたらした。

どうしてお前だけが生き残っているのだと。家族と共に罰を受けろと。

「……本当にセオドアが皆を殺したの……」

「そう申し上げたはずです。何度も同じことを聞かないでください。――僕が憎いですか？」

呆然と新聞へ落としていた視線を緩々と上げる。その先には、芸術品のような男の顔があった。感情の機微を微塵も感じさせない無表情に、アレクシアは己の唇を数度開き、閉じる。

——憎い……？　ええ、家族を奪われて、悲しい。いい人たちではなかったけれど、それでも私にとっては唯一の血縁だもの……

役立たずのアレクシアを、もっと劣悪な環境に追いやることだってできたはず。だがそれをせず屋敷の中に閉じ込めたのは、両親のなけなしの愛情だ。

兄だってアレクシアを冷遇したものの、暴力を振るってくることはなかった。それにかつては可愛がってくれた記憶が残っている。それらを全部忘れることは難しい。

愛情が枯渇《こかつ》するほどにはまだ、アレクシアは家族に失望しておらず、嫌いになれていなかった。

セオドアの手がゆっくりと動き、アレクシアの頬を掠《かす》める。

その瞬間、弾かれたようにアレクシアは背後に身を引いた。本能が、『触れられたくない』と叫んでいる。この手は、家族を殺めたもの。それも、金のために。

いっそ憎しみを拗《こじ》らせたと告げてくれたらよかった。それならまだ納得できた気がする。けれど実際は他人の殺害依頼を仕事として受けただけだと思うと、アレクシアは説明できない嫌悪感に支配された。

――もう、過去のセオドアはどこにもいない……

淡い恋心をこの胸に燻《くす》ぶらせていた、優しい幼馴染《おさななじみ》。

口数は少なくても、いつだって穏やかにアレクシアを気遣ってくれた。星が煌めく瞳で見守ってくれた初恋の人は、昏い闇の中へ消えたのだ。

ひゅっと、アレクシアの喉奥で音が鳴る。

あの晩の、血に汚れた恐ろしい男の指先と今の綺麗でしなやかな指先が記憶の中で重なった。

「嫌……っ」

「――殺戮者には触れられたくないと？　随分な態度だ。貴女も僕と、同じくせに。忘れてしまいましたか？　僕の両親も、お嬢様の家族に殺されたことを。貴女もまた、僕にとっては同罪です」

「な……っ」

忘れるわけがない。忘れられない。彼の両親はアレクシアの父親の告発によって、刑に処された。あまりに大きな罪を犯したせいで、庇うことはできなかったのだ。

そのことを恨みに思っているのかもしれない。二人は父の下でよく働いてくれていた。

にも拘《かかわ》らず、セオドアの視点で見ればアッサリ切り捨てられたと考えても、その後の彼の困難を思えば当然だった。

だがこちらが殺したと糾弾《きゅうだん》されるのは、逆恨みもいいところだ。

アレクシアの両親が手を下したのでも、原因を作ったのでもない。

責められるのは理不尽だと、瞬間的に反論が口をつきそうになる。どうにか寸前で呑み込んだのは、彼の気持ちが分からなくもなかったせいだった。

非力な少年が過酷な世界を生き抜く上で、憎悪は立派な原動力だっただろう。仇《かたき》がいると思い込まなければ、前を向けなかったとしても不思議はない。

むしろ清廉潔白なままでは、他者の餌《えさ》にされるだけだ。

汚れて歪み、獣に堕《お》ちなければ、今こうして大人になることも難しかったはず。

――私は衣食住を確保されていたから、無気力になっても生きられたけれど……この人は、違う……それに、彼ら親子はとても仲がよかったじゃない……

家族と関係が途切れかかっていたアレクシアよりも、セオドアが奪われたものは大きい。どちらがより苦しんでいるのかを比べても虚《むな》しいが、彼が受けたに違いない傷の深さにアレクシアは口ごもった。

――私たちは、お互いに被害者であり、加害者なんだ……

永遠に分かり合えない。届かない。決して重なることがない関係。

家族を殺されたのは、どちらにも言えることだった。

「……アレクシア様をここに連れて来た理由を知りたがっていましたね。いいでしょう、教えて差し上げます。僕はあの晩、貴女が屋敷にいる情報を掴んでいませんでした。とっくに他所へ嫁いでいると聞いていましたから」

温度のない男の声が、上滑りしてゆく。絡んだ視線が密度を増す。

息苦しさから握り締めた拳が、掴んだままだった新聞にぐしゃりと皺を刻んだ。

この先を聞いてもいいのか、惑っている。耳を塞ぎたい衝動と、促す気持ち。それがごちゃ混ぜになって、結局アレクシアは瞬きもできなかった。

「……頼まれた仕事はあくまでも邸内の人間の抹殺でしたから、貴女は対象ではなかったのですよ。依頼者は、アレクシア様の存在も認識していなかったでしょう。けれど私の顔を見られたからには、放っておくわけにもいきません。可哀想ですが『処理』する以外ありませんでした」

酷薄さを増した唇が、淡々と言葉を紡ぐ。室温が低下したのではと感じたのは、先刻から寒気を覚えているためだ。

震える身体は全身じっとりと冷たく汗ばんでいた。

「私は仕事に完璧を求めます。これまで通り目撃者は排除するのみです。例外はない。ですが突然、ふと閃きました。『頼まれてもいない殺しをする必要があるだろうか』とね」

軽く顎をそびやかしたセオドアは、あまりにも魅力的だった。口にする内容が耳に入らなければ、アレクシアは夢見心地になれただろう。彼の声はしっとりと艶があり、ずっと聞いていたくなるほど素晴らしかった。

だが一度意味を理解すれば、恐ろしさしかない。

あの夜、自分を殺めるつもりだったと告げられ、委縮するなと言う方が無理だった。

「……人の命を奪うのは、それなりに体力を使います。犠牲者が増えれば、足がつく可能性も高まる。そんな危険を、無駄な殺しで背負うのは馬鹿馬鹿しいと思い直したんです。言ってみれば、気まぐれですね」

「気まぐれ……？」

そんな不確かなもので、アレクシアは命拾いしたのか。

憤るべきか喜ぶべきか判断できない。勿論、礼を言うのも違う。糾弾するのは、もっと過《あやま》ちである気がした。

「ええ、せっかくなら僕も人生を楽しんでもいいのではないかと思ったんです。これは神が僕へ唯一与えてくれた『幸運』かもしれないと」

楽しむという台詞《せりふ》は、ひどく違和感があった。

この状況で好意的な意味は汲み取れない。アレクシアが警戒心を漲らせると、セオドアが蠱惑《こわく》的な笑みを浮かべた。

「――簡単に死なせてはあげません。アレクシア様はもっと僕に償うべきです。貴女の家族を殺めたのは、あくまでも仕事。ならば、僕の復讐自体は果たされていない。ねえ、そう思いませんか？」

問いかける形をとりつつも、質問に対するアレクシアの答えは期待されていなかった。彼の有無を言わせぬ雰囲気から、それは明らかだ。

アレクシアがどう答えるかなど問題ではない。結論はとっくに決まっている。

こちらに伸ばされた男の手は、アレクシアを戒《いまし》める鎖同然だった。

「やめ……っ」

「拒否権はありません。どうせ貴女は存在しない者。僕がアレクシア様の情報を摑めなかったということは、よほど厳重に秘されていたのでしょう。このまま貴女が煙の如く消え去っても、誰も探しはしないでしょうね」

その通りだ。たとえゴードン家に娘がいたことを覚えている者がいたとしても、今のアレクシアの顔を知る者は、一人として生きていないのだから。

「セオドア……っ」

「そんな顔をしないでください。可愛がってあげますよ。暇潰しの玩具《おもちゃ》として、飽きるまではね――」

彼の口からこんな下劣な言葉が出てくることに唖然とした。

肩を押され、ベッドに仰向けで転がされても、アレクシアは驚きのあまり暴れることもできなかった。

ひたすらセオドアを見上げるのみ。黒髪の秀麗な男に組み敷かれ、眼を見開いた。

「……貴女は、僕のものです」

耳を擽る甘い声音に、瞬間的に酩酊《めいてい》した。

もしも全く別の状況で囁《ささや》かれたなら、この胸は激しく躍ったかもしれない。しかし現実は、息が止まるほどの鋭い痛みを感じただけだった。

花開く前に摘み取られた初恋の残骸《ざんがい》が、苦しい。

もう二度とあの頃には戻れない溝が、二人の間には横たわっている。この隔たりを越える術などありはしない。

どれだけ近くにいたとしても届かないのだと、こうして押し倒されたことで痛烈に実感した。

相手の体温を感じるほど接近しても、セオドアの心は霞んで見えない。もはや手を伸ばすことすら、無駄な労力に感じられた。

「お嬢様、これは個人的な復讐です。貴女を甚振り貶《おとし》めて――ようやく僕は過去から解放されるのかもしれません。それまで、簡単に死ねるなんて思わないでくださいね」

下ろした髪の先に口づけられ、全身に熱が回った。

冷ややかだった彼の双眸に、見たことがない焔《ほのお》が揺らぐ。それはアレクシアの下腹を、不思議と騒《ざわ》めかせた。

「……っ、どういう意味……」

「一度は嫁いだ身なら、分かるでしょう?」

艶《なま》めかしい手つきで横腹を辿られ、アレクシアは背筋を痙攣させた。

セオドアの言わんとしていることに察しはつく。しかし彼は大きな勘違いを一つしていた。

アレクシアは実際には誰とも婚姻を結んだことがないのだ。つまり男性を知らない。

それどころかこの年齢なら持っていて当たり前の知識も不足していた。

どうせ政略結婚には使えないからと、母は娘へ一般的な教育も施《ほどこ》さなかった。友人たちと他愛《たあい》ないおしゃべりに興じたこともない。そのせいでアレクシアが知っているのは、本から得たことのみ。

　だが濃厚な艶めいた空気を、肌で感じ取った。

「だ、駄目……っ」

「元使用人の息子に弄《もてあそ》ばれるのは、屈辱ですか？　でも今の貴女は『誰でもない』、僕の玩具です」

　大きな掌がアレクシアの身体の線を撫で下ろし、ゾクゾクとした愉悦《ゆえつ》が走る。身に着けているものが薄い寝衣一枚なこともあり、生々しい感触とセオドアの体温を感じた。

　嫌だと心は訴えるのに、どうにも身体が動いてくれない。乱れた呼気の音が煩く耳を叩く。むず痒さから逃げを打てば、彼が覆い被さってきた。

「誰からも必要とされていないアレクシア様をどうしようと、僕の自由でしょう？」

　真上から逞しい身体に押さえつけられては、非力なアレクシアになす術はない。容易《ようい》に両手は頭上へ張り付けられ、身じろぎもできなくなった。

　滾る眼差しに射貫かれる。

　見られている場所が炙《あぶ》られているように熱くて仕方ない。

　身を捩《ねじ》った際に乱れた寝衣の裾を胸元辺りまで乱暴に捲《めく》られ、アレクシアは悲鳴を上げた。

「やめて……！」

下着は下肢《かし》にしか身に着けていなかった。この部屋に囚われるようになって以来、清潔な着替えは用意されても、昼間のドレスが準備されたことはない。

いつだって可愛らしく上質ではあるが、眠るための衣類以外は与えられていなかったのだ。

心許ない下着だけでは身体を隠せるはずもなく、露《あらわ》にされた肌に空気の流れを感じ、アレクシアは顔を背けた。

使用人にすらろくに世話をされていなかったから、相手が女性であっても他人に裸体を晒したことはほとんどない。それなのに、恋人でも家族でもない男性に直視されている。羞恥《しゅうち》で涙ぐんだところで、許してはもらえなかった。

「……白いですね」

小声で吐き出された感想は、おそらくそれしか評価できる点がなかったからだろう。

日に当たらない生活を続けていたから、日焼けしていないのは当然のこと。

痩せぎすな肉体は、女性らしさからは程遠い。薄い腹と貧相な胸は、どこにも魅力を見つけることができなかったに違いなかった。それだけではなく――

――傷が見られてしまう……！

この体勢では、右脚の太腿――外側に走る縦の傷痕を隠しようもなかった。醜く引き攣れ、赤い色を晒した凹凸が、そこには刻まれている。

アレクシアの浅はかで軽はずみな行動の罪と、無力さの証《あかし》として。

「見ないで……！」

顔の傷よりも大きいそれは、『隠し通さなければならないもの』だ。消し去ることは不可能だと医師に告げられた後、うんざりするほど両親から言い聞かされた。

これが他人に見られれば、お前は多大なる恥辱に見舞われる。それだけでは済まず、兄の結婚にも影響するだろう。親である私たちにこれ以上の迷惑を掛けてはいけない――呪いと同じ言葉は、今もアレクシアの奥深くに突き刺さっていた。

おそらく永遠に忘れることはできやしない。

みっともない、醜いと嫌悪しているのは、誰よりもアレクシア自身だったからだ。

両手首を押さえられていては逃げることは叶わず、圧《の》し掛かられた重みもあって身を捩ることすらできなかった。

無情にも晒された傷痕へ強い視線を感じる。息を詰めたまま残酷な責め苦に耐えたアレクシアは、ポロリと一粒涙をこぼした。

もしもセオドアが自分に対し淫《みだ》らな意図を持ったとしても、この身体を見れば劣情《れつじょう》は霧散するに決まっている。彼ならば瑕疵のある女にわざわざ手を出さなくても、いくらだって選び放題だろう。

何も恨みを晴らすのに、その気になれない女を犯す必要はない。次の瞬間には『萎えた』と吐き捨て、アレクシアの上からどくのだと思った。

襲われることよりもそれを恐れている。

セオドアに仄《ほの》かな想いを寄せていたのは、十年も前のこと。だが中途半端に断ち切られた恋情は、アレクシアのどこかで種になって眠っていたらしい。

「……っん」

繊細な手つきで太腿をなぞられ、アレクシアは勝手に漏れ出る声を噛み殺した。擽ったくて、妙に疼く。ざわざわと皮膚が戦慄き火照《ほて》っていく感覚があった。

こんなふうに誰からも触れられたことがないせいだと思う。

彼の指先が大きな傷跡を検分する手つきからは、興味本位な気持ちも悪意も伝わってこなかった。ただ繊細に撫でられて、まるで愛撫《あいぶ》のようだと勘違いしてしまいそう。

しばらくはじっと身を縮めて固まっていたアレクシアも、次第に熱を帯びる身体を持て余し始めた。繰り返し太腿を摩《さす》られるたびに、おかしな気分が膨らんでしまう。掻痒感《そうようかん》が心地好くて、ぎゅっと閉じていた膝頭が僅かに緩んだ。

「……触らないで……っ」

自分でも得体の知れない、奇妙な衝動が込み上げてしまうから、これ以上触れないでほしかった。でないと、きっと醜態を晒してしまう。傷痕を見られただけでも苦しいのに、更なる恥辱を味わいたくなかった。

「……痛いですか？」

囁きは、ほとんど音にならずに消えた。振動と微風が掠めただけのごく小さな声。それがアレクシアの耳に忍び込み、意味を理解するまでにかかったのは数秒。

セオドアの掌は、太腿にのせられたまま。彼の温度が、ジワジワと沁み込んできた。

「え……」

心配してくれているのかと誤解する。そんなわけはないと頭を振ろうにも、つい見開いた視界がセオドアで一杯になり、眼を逸らせない。

絡んだ視線が拘束力を増す。見つめ合っている時間が長引くと、余計にアレクシアは彼を凝視していた。

「答えてください。今も痛みますか？」

「い、今は……寒いときや天気が崩れる前以外は、何でもないわ……」

「歩行に支障は？」

「長時間歩いたり、走ったりはできないけれど、普通に動くのに問題はないわ」

真剣な面持《おもも》ちで尋《たず》ねられるから、ついこちらも真摯《しんし》に答えてしまう。するとセオドアは、ふっと微笑《びしょう》を漏らした。

「……良家の子女が自分の足で長々歩くことも、走ることも、普通は滅多にありませんけどね。まして人妻になった女性なら、尚更です」

皮肉めいた言い回しではあったが、どこか懐かしさを呼び起こす軽やかな口調だった。

愚かにもアレクシアは、一瞬で心が過去に飛ぶ。

脳裏によみがえったのは、どこまでも遠く見渡せる樹上からの光景。緑の香り。探しに来てくれた彼への感謝と喜び。それから、落ちて抱きとめられた際のときめきだった。

まだ細い身体つきと頼りない手足だったセオドアの、あどけない顔が思い起こされる。

あの頃に感情が引き摺られそうになり、アレクシアは必死で気持ちを引き締めた。

――私は何を考えて……この人はもう、昔のセオドアではないのに……っ
彼は大勢の人間を手にかけた。それも金のために。アレクシアの父と母、兄も毒牙にかかった。その様を目撃したにも拘らず、自分は何を呆けているのか。

立て続けに起こった変化と衝撃のせいで、すっかり混乱している。

情緒が完全に狂わされていた。

――でもセオドアがそうなったのは、私の父のせいでもあるの……？　だけど先に道を踏み外したのは、彼の親――

どちらが先で、罪深いのか。アレクシアが感じるべきは悲しみか、憎悪か、安堵か、それとも。

全てがぐちゃぐちゃになり、夜の海に溺れてしまう。

アレクシアにできたのは、全力で身を捩ることだけだった。

「放して……！」

自分でもどうすればいいのか全く分からないから、『これ以上傷を見られたくない』気持ちにだけ従った。

膝を立て、せめて右側を下に横臥《おうが》しようと試《こころ》みる。だが無様な抵抗は、彼の不興《ふきょう》を買って終わった。

「――簡単に死なせるつもりはないと言ったはずです」

「あ……っ」

手首を押さえつけてくる力が増した。骨が軋むほど強く摑まれ、かなり痛い。しかも首筋に歯を立てられ、アレクシアは大仰に硬直した。

「ひ……ッ」

急所に感じる硬い歯は、女の首など容易に食い破れそうに思える。あと少し顎に力を込められれば、取り返しがつかないことになるかもしれない。

いくら一度は死を覚悟していても、痛いのは嫌だ。きっと苦しいと予測できる死に方も怖い。

アレクシアが呼吸も忘れて固まっていると、セオドアが歯型を刻んだ場所をべろりと舐めてきた。

「んん……っ、ぁ、嫌……」

ゾワリと広がるむず痒さが、怯えとは別の何かを引き摺り出す。彼の呼気が剝き出しの肌に降りかかり、湿った熱を灯していった。

そんな刺激に気を取られている間に乳房に触れられ、驚いたアレクシアは今度こそ死に物狂いで思い切り暴れた。

「やめて！」

柔肉に男の指が沈みこむ。決して豊満ではない胸は、セオドアの片手にすっぽりと収まった。乏《とぼ》しい肉の感触を味わおうとしているのか男の指が蠢《うごめ》き、乳房の形を変える。その卑猥《ひわい》な光景を目の当たりにして、アレクシアの頬が上気した。

「変なところに触らないで……っ」

「生娘のような反応ですね。演技なんてしなくても結構ですよ」

悪意に歪んだ彼の唇が、辛辣《しんらつ》な言葉を吐く。斬りつけられたアレクシアの心は、眼に見えない血を流した。

今からでも『本当は嫁いだことはない』と真実を告げた方がいいだろうか。一秒にも満たない一瞬で、アレクシアは迷う。

しかしそんなことをしても無意味だと即座に思い直した。

セオドアは個人的な復讐をしたくなったと宣《のたま》い、アレクシアを玩具にすると宣言した。だとしたら自分が男性を知らない身体かどうかは、彼にとってはどうでもいいことに違いない。むしろ処女だと知れば、更にひどい目に遭う可能性もあった。

唇を引き結ぶ以外、アレクシアにできることは何もない。

これまでだってずっと堪え忍ぶことには慣れていた。今回も心を鈍麻《どんま》させて嵐が過ぎ去るのを待てばいい。どうせ色々なことがありすぎて、今も冷静な判断ができているとは言えないのだから。

「ん、ぁあ……っ？」

だがセオドアの淫らな手は、アレクシアに現実逃避を許してはくれなかった。

最後の砦《とりで》であった下着を脚から抜き取られ、もはや身体を隠してくれるものは何もない。

胸の上にたくし上げられていた寝衣も全て奪われた。

生まれたままの姿にされ、感じたのは心許なさ。

無力な自分には、身体を丸めて彼の視線を遮《さえぎ》ることも叶わず、全身がしっとりと汗ばんでくる。荒ぶる心音は、響き渡らないのが不思議なほどだった。

「脚を開いてください。それとも、強引にされたいですか？」

首を横に振って拒否を示したが、返されたのは冷笑のみ。やはり彼はアレクシアを辱《はずかし》め溜飲を下げたいのだと悟らずにいられない。

無言のまま命令に従うことを強制され、時間稼ぎは無駄に終わった。

どんなに身体を固くして抵抗しても、力の差は歴然。脚を摑まれ左右に押し開かれれば、アレクシアの膝はあえなく離れていった。

「やぁあ……っ」

恥ずかしい。悔しい。怖い。

アレクシアの両眼から涙が溢れた。その滴を冷然と見下ろしたセオドアが満足げな息を吐く。微かに目尻が赤く染まり、一層艶やかさを増していた。

変化はごく小さなものなのに、彼が興奮していることが伝わってくる。やや早まった呼吸が熱く滾っていたことも、そう感じた理由の一つかもしれない。けれど異性から劣情を向けられたことがないアレクシアには、それ以上のことは分からなかった。

「色白のせいか、赤くなっているのが分かりやすいですね。それに僕の噛み痕が、綺麗に残りました」

「……っく」

先ほど歯が食い込んだ首筋を撫でられ、ピリッとした痛みが走った。また噛まれるのかと怯んだものの、セオドアは心底楽しそうに肩を揺らしただけ。逆に触れるか触れないか、ぎりぎりのもどかしい手つきで首から鎖骨にかけてを擽ってきた。

「ぁ、や……ぁっ」

「お嬢様は敏感ですね。――それとも結婚相手に仕込まれましたか？」

手の甲で乳房の脇をなぞられて、腹の底に疼きが溜まった。あまりにも簡単に悦楽の種が植えられてゆく。快感の逃し方など知らないアレクシアは、無力にも翻弄《ほんろう》されるしかなかった。

本当は快楽なんて感じたくない。こんなことはおかしいと、声を大にして叫びたかった。けれどたくさんの鎖がアレクシアを戒めて、思い通りにならない。家族を死に追いやった男に対して、どんな態度を取ればいいのか、未だ決めかねていた。

自分の本心も見失い、ただ流される。

右眉の上の傷痕に口づけられ、湧き上がった感情は一つではない。それら全部に名前を付けることも叶わず、いつしか解放されていたアレクシアの手は宙を掻いた。

何も摑めず落ちた手が辿り着いたのは、セオドアの背中。

彼が纏ったままのシャツを摑むと、セオドアが微かに眼を見張った。

「……っ、お嬢様……」

低くなった声で昔と同じように呼ばないでほしい。つい心が揺さぶられてしまう。自分でも馬鹿だとしか思えないが、いとも容易《たやす》く過去に引っ張られる自分は、本当にどうしようもなく弱い。

きっとアレクシアにとって輝いていたときが、その当時にしかないせいだ。

彼が傍にいてくれた十一年間が、最も煌めき充実していた。思えば自分の人生は、そこで終わってしまえば完璧だったのかもしれない。

あの嵐の夜、事故に遭った日に途切れていたなら、今こんな悲劇に見舞われることもなかった。

両親に見限られることも、彼らの死に直面することも。何より、セオドアと最悪の再会を果たすこともなく、幕を引けた。

下手に生き延びたせいで、見なくていい現実を突きつけられている。

――私がしたことは、全部意味がないどころか、害悪でしかなかったんだ……

「……絶望するのはまだ早いですよ。簡単に死なせはしません」

死に傾くアレクシアの心情を察したように、彼が乳房の頂《いただき》を口に含んだ。軽く甘噛《あまが》みされ、舌先で転がされる。膨らみの裾野へは強く吸いつかれ、刹那の痛みを刻まれた。

「……っつ」

一度では終わらず、何度も肌を啄《ついば》まれる。そのたびに赤い花弁に似た痕がアレクシアの白い肌に咲いていった。

「やめ……ッ、何を……」

「自分のものに印《しるし》を残すのは、当然でしょう？　貴女は僕の所有物になったのだから」

妄想へ逃げこもうとするアレクシアを咎めるかの如く、持ち上げられた内腿にも鬱血痕《うっけつこん》は刻まれた。そのせいで大きく脚を開かれる形になる。

慌てて膝を閉じようとしたが、間にセオドアが陣取っているせいでどうにもならない。逆にアレクシアの片脚を抱えられ、一層恥ずかしい姿勢を取らされた。

「セオドア……！」

「無垢な乙女のような慎ましい入り口ですね。これでは僕が入れません」

どこがなんて、流石に聞かなくても分かった。

彼は本気でアレクシアを抱くつもりだ。初恋の人に非道な真似を強いられる悪夢は、いつまで経っても覚める気配もない。ジタバタと必死にもがいても、シーツに皺が寄るのみだった。

セオドアの指がアレクシア自身もろくに触れたことがない花弁を摩る。乾いた媚肉が引き攣り、少しだけ痛い。

ぶわっと全身が粟立ち、息が詰まった。

初めての感覚に身体中が強張る。呼吸の仕方も忘れてしまい、固く閉じた瞼の下で、忙しく眼球がさまよった。

緊張と混乱のせいで己の心音だけが煩く響く。嚙み締めた奥歯がギリリと擦れた刹那、アレクシアの顎に彼の唇が触れた。

「……力を抜いて」

吐息が耳朶《じだ》を擽る。それだけで息を吐き出すことができた。理由は分からない。

痙攣するほど力が籠《こも》っていた太腿にセオドアの髪が掠め、彼が下へ移動したことを知る。だが眼を閉じ羞恥に耐えていたアレクシアには、その意図を察することはできなかった。

「……っ？」

脚の付け根へ降りかかる生温い風。湿り気を帯びたそれが、戦慄く肌を慰撫《いぶ》する。愕然としたのは、その直後だった。

「ひ……っ？」

指とは違う柔らかく滑るものに、未だ硬い蜜口を抉《こ》じ開けられた。そこは、何物も受け入れたことがない場所。狭い道は、異物の侵入を感知し一斉に騒めいた。

「やぁ、あ……ッ」

アレクシアの平らな腹が波打って、踵《かかと》がベッドを蹴る。髪を振り乱し上へずり上がろうとしても、逞しい腕に片脚を抱えられていては無理だった。

それどころか、逃亡を図った罰とばかりに、より深く淫路を探られる。真上から圧し掛かられ、ろくに身じろぎもできない。

仕方なく眼を開いたアレクシアは、すぐさま後悔した。

自分の不浄の場所に、セオドアが顔を埋めている。誰にも見せる予定がなかったはずのそこを、あまつさえ舐められていると理解し、愕然とした。

「何をしているの……っ」

「このままでは貴女のここを傷つけるだけですから、準備する必要があります」

閨の知識がないアレクシアには、彼の言っていることは意味不明だった。そもそも人の身体の、それも最も秘めるべき部分を舐めるなんて論外だ。

おそらくこれはアレクシアを困らせ苦しませるための一環だと判断し、猛然と身体を捩った。

「いい加減にして……！　こんなこと許されないわ」

「誰の許しがいると？　貴女はもうゴードン家のお嬢様ではない。この世界から弾き出された存在です。まさか自分を捨てた結婚相手が、貴女を探し出して助けてくれるとは思っていませんよね？」

瞳にかかった黒髪を掻き上げる男は、ひどく妖艶《ようえん》だった。

整った容姿のせいだけではなく、彼の纏う退廃的《たいはいてき》な空気がセオドアをより危険で妖しく彩る。毒のあるものは美しい。触れれば害になると分かっていても、手を伸ばさずにはいられない。

アレクシアが見入ってしまったとしても、どうして責められよう。だが動きを止めてしまった一瞬で、再び淫猥な責め苦に苛まれることになった。

「……ぁっ、ぁあ……ッ、駄目……っ」

ぐにぐにと蠢く舌に花弁を弄られる。隠れていた肉芽を抉《えぐ》り出され、彼の口内へ迎え入れられた。

「ふ……ぁああッ」

アレクシアの眼前に星が散る。初めて味わう絶大な快感をどう処理すればいいのか分からない。激しく上下する胸は役立たずで、上手く息を吸うこともできなかった。

「……ぁ、あ、ゃぁあ……っ」

「ん、少しだけ綻んできましたね。濡れてきたのが分かりますか？」

じゅるっと淫靡《いんび》な音と共に啜《すす》られ、アレクシアの腰が浮き上がった。経験したことのない喜悦《きえつ》が弾け、苦しくてたまらない。けれど自分の身体の何かが変わり始めたことは、察せられた。

つい先刻までは違和感と痛みばかりだったのに、今は沸々《ふつふつ》と腹の底から愉悦が生まれている。アレクシアの羞恥を糧《かて》にして、それは際限なく成長していった。

「……いつ婚家から戻されたのですか？　あまり婚姻生活は長くなかったようですね。初めてではないかと錯覚するほど、ここは狭いです」

「く、ぅ……っ」

答えられるわけがない質問には首を振った。それをどう解釈したのか、セオドアが喉奥で嗤う。改めて開脚させられ、敏感な花芯を舌全体で押し潰された。

「んぁああッ」

弾けた快感が辛い。全力疾走直後に似た疲労感がどっと押し寄せる。しかし休む暇もなく、淫らな責めは続けられた。

「あ……駄目、それ……嫌ぁあ……ッ」

舌先で嬲られて、硬い歯が押しつけられたと思えば口内に吸い上げられた。異なる様々な攻撃に、無垢な身体が抗えるわけがない。たちまち愉悦の水位が上がり、アレクシアは髪を振り乱して身悶えた。

淡い茶色の髪がシーツの上でぱさぱさと踊る。自らの口を押さえて嬌声を我慢しようにも、圧倒的な快楽に押し流された。

息を吸うだけで卑猥な声が漏れる。掠れた悲鳴はアレクシアが感じている悦楽の証明でしかない。いくら『やめて』と繰り返しても、身体はとっくに陥落していた。

全身を駆け巡る血潮が、末端まで快感を運んでゆく。頭が官能に支配され、何も考えられない。獰猛《どうもう》な欲望の力に負け、アレクシアはヒクヒクと四肢《しし》を震わせた。

花芽を捏《こ》ねられると、体内に嵐が渦巻く。吐き出さなければどんどん大きくなり、やがてそれはアレクシア自身を呑み込む気がした。

気持ちがよくて思考力は鈍麻する。否定を繰り返しながら、腰をくねらせているのがその証拠。敷布から浅ましく浮き上がった尻を掴まれ、一層淫らな体勢に変えられた。

今やアレクシアは身体を二つ折りにされた状態で、蜜口を完全に晒している。ままならない両脚は、すっかり閉じることを忘れていた。

口の周りを透明な滴で濡らしたセオドアが薄く微笑む。その邪悪な笑顔に意識を奪われているうちに、淫道へ彼の指が押し込まれた。

「んぁッ」

含まされた質量に、アレクシアの指先まで反射的に強張る。体内で異物が蠢く感覚は、到底慣れなかった。

それでも先ほどより痛みはない。違和感は変わらないが、もっと別の感覚が生まれ出していた。

「な、何……?」

「貴女が僕を受け入れ始めた証拠ですよ」

どこか陶然《とうぜん》とした面持ちで、セオドアが嘯《うそぶ》く。その上アレクシアの内側から引き抜いた指を、思わせぶりに見せつけてきた。

粘度のある液体に塗れた彼の指は、筆舌に尽くし難いほどいやらしい。

人差し指と中指の間に透明の橋が架かる。アレクシアの視線を釘付けにしたまま、セオドアは自身の指に舌を這わせた。

「や……っ」

「元使用人の息子に、こんなに溢れさせて恥ずかしくありませんか？　それとも、久しぶりで期待していますか？」

「お、おかしなことを言わないで……！」

おそらくわざと辱めるための台詞だと分かっている。けれど聞き流せるほどアレクシアは世慣れていない。彼の目論見通り赤面し、瞳には涙が滲んだ。

それが、男の劣情をひどく掻き立てるものだとも知らず。

「計算しているなら、見事ですね。今回は僕がのせられて差し上げます」

「え……ぁ、待って……！」

蜜路を探る指が二本に増やされ、圧迫感が一段と増した。

肉壁を押し広げられ、媚肉が疼く。粘膜を擦られると、花芯を責められたときとはまた違う刺激に体内が騒めいた。

「ぁあ……っ、や、変になる……ッ」

「いいですよ、なっても。――壊れてしまったら、僕が最後まで可愛がってあげます」

ぐちぐちと濡れた淫音が奏でられる。それがアレクシア自身の身体から発せられていると思うと、より愉悦の波が大きくなった。

蜜路を前後する指が、段々奥へ進んでゆく。誰も触れたことがない場所を弄られ、同時に淫芽を摩擦されて、アレクシアは艶声を迸《ほとばし》らせた。

「ぁ……ぁあああッ」

世界が真っ白に染まる。ビクンッと痙攣した手足がベッドに落ち、完全に弛緩した。

肺が忙しく動き、チカチカと光が明滅する。その瞬きを打ち消したのは、アレクシアを覗き込んでくる男の深淵を宿した瞳だった。

「お嬢様、まさかこれで終わりだとは思っていませんよね？」

落ちかかる瞼をせき止めたのは、セオドアの不穏な言葉。濡れそぼったあわいに、硬いものが押し当てられている。

アレクシアが緩慢な仕草で息を継ぐと、落ちてきたのは場違いに優しい口づけだった。

舌先で軽く舐められて、再びしっとりと重ねられる。

思えば、唇へキスされたのはこれが初めて。驚きで、茫洋としていた思考が鮮明になった。

幼い頃、誰にも言えず抱えていた憧れが叶えられた瞬間。だがどうしてこんなにも悲しく、虚しいのだろう。

彼の瞳の中に答えを探す。けれど映っていたのは、泣きそうな顔で戸惑いを浮かべた女だけだった。

「可哀想なお嬢様。貴女に罪はないけれど、僕らはどこまでいっても対立する運命のようです。でしたら、とことん憎み合いましょう。被害者であり、加害者として」

睦言《むつごと》に似た甘さで囁かれ、心臓が大きく脈打った。

憎しみを真っすぐぶつけられ、思いの外衝撃を受ける。決して越えられない川を挟み、対岸で向かい合っている感覚が胸に痛い。

現実はこんなにも近くにいるのに、自分たちの距離が縮まる日は永久に来やしないと断言された。愚かな期待は抱くなと、たった今突き放されたのだ。

「……ぁ、あッ」

「力を抜いていてください」

「無理……っ」

狭隘《きょうあい》な入り口に、到底質量が見合わないものが無理やり押し込まれた。

さながら焼けた熱杭で貫かれたよう。身体を引き裂かれる感覚に恐れ戦く。彼も苦しいのか息を荒げており、顎を伝って滴り落ちた汗がアレクシアの肌を濡らした。

「痛……っ」

「……っ、随分狭い……ゴードン家に戻ってから、一度も男を咥《くわ》えこまなかったのですか？」

「そんなこと……っ、したことがない……ッ、ゃあ……」

引き攣れた肉襞が激痛を訴え、もうやめてと叫びたくても、上手く言葉が出てこない。小刻みに震えることしかできないアレクシアに、宥めるキスが落ちてきた。先ほどよりも濃密なそれは、深く舌を絡ませられる。逃げ惑う舌を誘い出され、歯列を辿られた。

初めてのはずの行為に、どこか覚えがあるのは何故だろう。は、と息を吐くと更に深く貪《むさぼ》られ、呼吸も喰《く》らわれた。

「ん……っ、ぅあ……ッ」

物慣れない口づけへ意識の大半を奪われている間に、セオドアがゆっくり、けれど確実に腰を押し進めてくる。じりじりと内壁を摩擦され、隘路《あいろ》が軋んだ。

呻きも悲鳴も全て、彼の口内に吐き出す。

セオドアの舌を傷つけないよう、アレクシアは必死に顎から力を抜いた。痛くてどうしようもなくても、彼に噛みつきたいとは少しも思わない。そんな発想はなく、上顎を擽られる心地よさに陶然としたほど。

眼尻に溜まった涙を拭《ぬぐ》われ、赤く熟《う》れた肉芽を転がされると、忘れていた悦楽が戻ってくる。引いていた官能の焔が、再度火力を増した。

「……ぁ、んっ」

秘豆を捏ねられると、体内が潤《うる》む。混じり合った唾液を嚥下《えんげ》すれば、セオドアと繋がる場所が一層熱くなった。

ぐっと奥を突き上げられ、二人の腰がピタリと重なる。彼の楔《くさび》の全てを呑み込んだ蜜壺は、ジンジンと痺れに似た鈍痛を訴えた。

「くぅ……ぁ、あ……」

「は……これでアレクシア様は僕の――」

アレクシアの肌に食い込むほど強く身体を拘束していたセオドアの力が緩み、言いかけた言葉は尻すぼみとなって消える。奇妙な沈黙が落ち、アレクシアは怖々瞼を押し上げた。

何か、おかしかっただろうか。

知識も経験もないせいで比較対象が分からない。これで終わりかどうかも判然とせず、窺う視線を彼に向けた。

きっとセオドアはアレクシアを冷たい眼で見下ろしている。憎い娘を思い通りに貶めて、清々しているかもしれない。そう、思っていたのに――

「……初めて、だったのか？」

再会以来、わざとらしく徹底していた彼の丁寧な言葉遣いが崩れた。無表情か作り笑いを張り付けていた顔が困惑に揺れている。まるで信じられないものを目撃したかのよう。

彼の視線は二人の繋がった場所に注がれ、眉間には深い皺が刻まれている。正確には、アレクシアの太腿を伝う赤い血をセオドアは凝視していた。

「何、を……っ」

無知なアレクシアは、何をもって彼がそんなことを言うのかも想像がつかなかった。ただ、セオドアの機嫌を損ねたくないと咄嗟に思う。

これ以上、憎まれたくない。既に最底辺であっても、もっと嫌われたくないと無意識に願った。

たとえ、互いに家族を奪われた仲だとしても、淡い恋心に胸を焦がした事実は消えない。憎しみも恋情も一緒くたになって、完全に分離することができなかった。

掻き乱される心のありかが迷子になる。姿を眼にして胸が軋み、声を聞いて苦しくなり、触れ合えば冷静でいられなくなる理由をどちらに求めればいいのか分からない。

ただ一人のことで頭がいっぱいになるという意味において、あまりにも憎悪と恋は似ているから。まして一般的な生活と経験を積む機会を奪われていたアレクシアは、情緒が充分に育ったとは言えなかった。

「――白い結婚だったというわけですか？」

話す振動も内部に響き、アレクシアは顔をしかめた。限界まで引き伸ばされた蜜口が痛む。未だ苦痛の全てが引いてはいない。

だが彼がじっとしてくれているおかげで、多少はマシになってきた。

「ち、違う……」

「では貴女の夫になった男は、アレクシア様を抱かなかったと？」

存在しない『夫』に嫉妬《しっと》しているのかと勘違いする強い口調で問い詰められ、より混乱に拍車をかけられた。セオドアが前のめりに上体を倒したせいで、淫路が擦れる。

求められている正しい回答は何なのか、見当もつかない。

恨めしい女を痛めつけたいのなら、『そうだ』と頷き夫に顧《かえり》みられなかった惨めな妻を演出するべきだろうか。それとも婚姻した事実はないと打ち明けるのが合っているのか。

アレクシアが決めきれず悩んでいる間に、彼は表情をより険しいものへ変えた。

「――僕に答える気はないと言いたいのですね。……まぁどちらでもかまいません。僕にとっては僥倖《ぎょうこう》でしかない」

「や、あ……ッ」

長大なセオドアの屹立《きつりつ》がずるりと引き抜かれる。未熟な粘膜を摩擦され、痛みがぶり返した。

力が籠った太腿を抱え直され、荒々しく穿《うが》たれる。引き裂かれる衝撃に、アレクシアはひび割れた悲鳴を上げた。

「ひぃ……っ、ぁ、やぁあっ」

淫猥な水音と肉を打つ音。ベッドの軋みも重なって、室内に降り積もる。

揺さぶられるたびに、アレクシアの腹の奥に鈍痛が響く。内側から食い破られそうな情熱を幾度も叩きこまれ、いつしか口を閉じることもできなくなった。

「んぁ、あ……っァあぁッ……」

唾液がこぼれ、涙も汗も止まらない。結合部からは淫らな滴が溢れ、互いの肌を淫靡に濡らした。きっと敷布も色を変えていることだろう。

爛れた蜜窟を掘削《くっさく》されて、愛液が掻き出される。苦しさから大きく開いた唇に繰り返しキスをされ、敏感な花蕾を親指で捏ねられた。

「ふぁ……ッ」

ビリビリとした快感がそこから弾ける。すっかり膨れて大きくなった花芯は摘みやすいらしい。二本の指で擦り合わされると、耐え難い快楽が生み出された。

「……ぁ、は……っ、はぁ……ッ」

「ああ、やっぱりこちらの方が気持ちがいいですか？　でしたら存分に楽しんでくださ

い」

「やぁ……そこは、駄目……っ、ぁ、あああッ」

強弱をつけながら揉まれ、擦られ、押し潰されると、異なる刺激を全て拾ってしまう。息つく間もなく新たな愉悦が送り込まれ、アレクシアは激しく胸を上下させた。

いくら肺を震わせても、上手く呼吸ができない。口を開けばその分、深い口づけで塞がれてしまうせいだ。

その上舌を絡ませられると、不思議と痛みは和らいでいった。

人は、苦痛よりも快楽に流される生き物。アレクシアの身体も甘い悦びに傾いていった。

「……ああ……ッ、ア、あああッ」

蜜道を深く浅く往復されて、次第に漏れ出る声が蕩《とろ》けてゆく。握り締めていた拳は赤みを帯び、冷や汗とは違うもので肌が湿った。

しなやかに動くセオドアを見上げ、手を重ねられる。指を絡めた親密な繋ぎ方をされ、胸の奥に灯った想いは不可解だった。

痛みよりも大きくなった愉悦に何もかもが塗り替えられ、たった一人のことしか眼に入らない。互いだけを見つめ、同じ律動を刻んだ。

最奥《さいおう》を突かれると苦しいのに、『もっと』と強請りたくもなる。

アレクシアは拙《つたな》く肢体を揺らめかせ、喉を晒して仰け反った。

どんどん追い詰められ、間もなく飽和《ほうわ》してしまいそう。体内で暴れる嵐が、出口を求め威力を増した。

柔らかく解《ほぐ》れた隘路《あいろ》は、今やセオドアの剛直を愛おしげに喰いしめている。引き抜かれるたびに縋りつき蜜路が収斂《しゅうれん》した。

腹の中を攪拌《かくはん》され、喘ぐことしかできなくなったアレクシアを弄ってくる男の手は熱い。情熱が込められているのではと愚かにも夢を見た。

「あ、アああっ、も、ゃあ、あんッ……許して……っ」

一向に終わらない責め苦は甘く激しく、何も知らないアレクシアには限界だった。これ以上はおかしくなってしまう。

告げる必要のない言葉を漏らしてしまいかねず、ぐっと唇を引き結んだ。

しかしそんなことで耐えられるほど、彼が与えてくれる快楽は小さくなかった。

気を逸らそうと試みるアレクシアを嘲笑い、更に結合が深くなる。速度を増した打擲は、僅かに残った理性を難なく引き剝がした。

「……ぁあああッ、ん、ァああ……ッ」

真っ白い世界に放り出され、全身が引き絞られる。体内も収縮し、生々しくセオドアの形が伝わってきた。

一拍遅れて息を詰めた彼がアレクシアを強く抱きしめてくる。熱が爆《は》ぜたのは、その瞬間。

「……ぁ、あ……っ」

自分でも見知らぬ場所を濡らす白濁。沁み込む熱をアレクシアの最奥が呑み込んでゆく。最後の一滴も残さず注ごうとするように、セオドアが緩く腰を押しつけてきた。

「ん……ぁあ……」

すっかり高められた身体は、その刺激にも喜悦を覚えた。断続的に吐き出される子種が、アレクシアの最奥を叩く。乏しい知識でも、これが夫婦の間で交わされる行為であることは理解できた。だとしたら、憎しみ合うべき自分たちが肌を重ねて、いったい何の意味があるのだろう。

傷を舐め合うため。それとももっと深い傷を相手に負わせるため。

「――お嬢様の全ては、僕の所有物です」

乱れる息の下で、彼が囁く。滴るほど官能的な声を最後に、アレクシアの意識は黒く塗りつぶされていった。

何もすることがない退屈な毎日に、今日もアレクシアは窓の外を眺めていた。

この建物がどこにあるのかは、よく分からない。それでも遠く門扉の外を行き交う馬車や人の多さ、華やかさを見れば、首都であることは間違いなかった。

夜になれば街燈《がいとう》も灯る。ならば貴族らが屋敷を構える地価の高いエリアだろう。人を秘密裏《ひみつり》に捕らえ監禁するには、てっきり郊外に連れてこられたとアレクシアは予想したが、読みが浅かったらしい。

純潔を奪われた日から既に十日。あの日以来セオドアはまた姿を見せていなかった。

彼は基本的に屋敷にいることは少ない。

詳しくは教えてくれなかったが、セオドアはかなり多忙であるようだ。それが全て後ろ暗い犯罪に関わるものだと思ったアレクシアは眉を顰《ひそ》めたものの、どうやらそれだけではないらしい。

今や巨大な組織である『落華』は、一般社会にも食い込んでいる。

建築や、飲食関係、医療に学校まで。更には教会や王宮にも協力者は潜んでいると聞かされ、唖然とした。彼らの息がかかっていない場所はないのかもしれない。

貴族たちにも顧客は多く、ともすればこの国はもはや彼らの存在なくしては回らないとも言えた。

そんな組織を纏めているのだから、セオドアが忙しくないはずはない。また居所を特定されない意味合いも大きいらしく、いつもどこかを飛び回っており、一所《ひとところ》に留まっている方が珍しい。

表向き『普通の会社』を装っている業態も数多くあって、昼間の仕事だけでも無数に及ぶそうだ。

しかしあくまでも主体は裏の世界。

依頼があれば何でもこなす。彼自身が手を汚したのは、アレクシアの家族を奪った事件が数年ぶりだったらしい。

本来なら、高みから命じていれば事足りた。いつ、誰を、どのように抹殺しろと。

それこそが今のセオドアの立ち位置だ。自らの手を血に染める必要はない。

玉座に座る王のように、手足の如く他者を動かせばよかった。しかし自ら率先して動いたわけは。

──それだけ、私の両親への恨みが深かったのね……

他人に任せてはおけないほど。

自らの手で息の根を止め、事切れる瞬間を目撃しなければ収まらなかったのではないか。

セオドアの口ぶりでは今更復讐ではないとのことだったが、きっと心の奥底に消化しきれない思いがあったのは間違いなかった。

十年の歳月が、彼の憎しみすら変容させた。アレクシアが家族に見限られ軟禁される間に、自分自身を見失ったように。

——今日もあの人は戻らないのかな……

一人きりで放置されるには、アレクシアに割り当てられた部屋は広すぎた。空間を持て余し、静寂に押し潰されそうになる。以前と変わらず、出入りするのは無口で不愛想な女だけだ。

ひょっとしたら、彼はもうアレクシアに飽きた可能性もある。

充分に甚振り尽くし、気が晴れたのでは。それとも経験不足からくる反応の悪さが、つまらなかったのか。

無意識に胸元に手を当て、アレクシアは今感じているものが安堵か寂しさかを探った。どちらでもない気もするし、両方誤りとも言えない。見えない己の心は相変わらず。

こうしてボンヤリしていると、余計に曖昧になった。

家族を奪われた蟠りは確かにある。とは言え、ごく一般的な家庭と比べれば、アレクシアの両親や兄に対する思慕は薄いものでしかなかった。

完全に途切れてもいないが、悲劇に浸れるかと問われれば、何かが違う。閉塞感がある屋敷から連れ出され、どこかホッとしているのも事実だからだ。

——私はおかしいのかな……家族があんな残酷な殺され方をしたのに、情が乏しいのかもしれない……

あの惨劇を目の当たりにして壊れた部分があるのかもと疑う。血の臭いや嫌な感触は、今もまざまざと思い出せた。

それなのに悲しいとは感じても、何も手につかないほどではない。一日中泣き暮らすこともない。思い出を反芻《はんすう》するには、懐かしむ記憶が少なすぎた。すると思い描くのはずっと昔のこと。

だが過去に遡《さかのぼ》れば、鮮やかになるのは両親たちのことよりもセオドアのことだった。厄介にも、彼との煌めく思い出の方がよほどたくさんある。

結果、考えることは自動的にセオドアのことばかりになる。

自分から全てを奪い、拉致して閉じ込め、犯した男だというのに。本当にどうかしている。

——でも、それももう終わりかな……彼が私に飽きたのなら、いずれ殺されるのかもしれない……

玩具にすると宣ったわりには、一度遊んで満足したらしい。随分飽きっぽい。それともアレクシアに面白みがないせいだろうか。

——もっと泣き叫んで、殺さないでくれと惨めったらしく縋れば良かった？　……それとも人殺しと罵れば——

考えるともなしに巡らせた思考で、まるで彼を引き留めたがっているようだと気がつき、自分でもひどく驚く。

被害者としても、加害者としても歪んでいる。

馬鹿げたことを考える頭を一振りし、アレクシアが立ち上がろうとしたとき。

「——どこへ行くつもりですか？」

冷えた声に遮られ、いつの間にかセオドアが入室していたことに気がついた。全く気配も足音もしなかったので、分からなかった。

流石は暗殺を生業《なりわい》の一つにしているだけある。

驚愕に固まったアレクシアのすぐ眼の前まで、彼は数歩でやってきた。

「もっとも、部屋の鍵は外からかけられているので、勝手に出歩くことは不可能ですよ」

「……知っているわ……」

ここに囚われて半月以上が経過している。いい加減、自分が置かれている状況は把握していた。

アレクシアはセオドアの気まぐれで生かされているのみで、自由はない。

ただしそれはゴードン家の屋敷で暮らしていたときと、大差なかった。むしろ当時の方が息苦しさは強かった気もする。

鍵がかけられていなくても、部屋の外へ出ることは許されず、自分以外の全てに拒絶されているのも同然だった毎日。

ここでの生活も似たようなものだが、少なくとも部屋の中は平穏だ。

会話に応じてくれない世話係の女性に無視はされても、嘲笑われないだけで心は遥かに楽だった。

食事を少量しか食べられないアレクシアのために、味付けは勿論、盛り付けもあれこれ工夫されている。室内は清潔に保たれ、日々の着替えは過不足なく用意されていた。

時には花を飾られることもあり、外へは出られなくても季節感を味わい、窓から明るい日差しが存分に差し込んでくる。

つまり、ここでの生活にこれと言って不満はなかった。虜囚《りょしゅう》としては、破格の待遇だろう。

しかしそれ故に、いつか突き落とされるのではないかと疑心暗鬼にもなった。

もしかしたらアレクシアを懐柔し油断させ、その後地獄を見せる算段なのかもしれない。

幸福から一転、全てを取り上げられる衝撃は大きい。

普通に酷い目に遭わせるよりも、よほど効果的だろう。復讐としては、大成功と言わざるを得ない。

だからセオドアが再びこの部屋に現れたとき、アレクシアはいよいよかと身構えた。

「……もう、来ないのかと思った」

「私の屋敷なのに？　おかしなことを言いますね」

断りなくソファーに腰かける様は、ある意味無作法だ。けれどそんな傲慢《ごうまん》な態度からも、気品が感じられた。ここの主は誰なのかが、彼の纏う空気から伝わってくる。

さりげない仕草や目線の動かし方。知性が感じられる物腰。それら全てに圧倒される。

互いの言葉遣いが昔のままなのと、セオドアがアレクシアに対して丁寧な態度を崩さないだけで、本当の支配者は紛れもなく彼の側だ。

アレクシアはただの囚われ人。――――いや、玩具だった。

「仕事が立て込んでいたんです。今日ようやく、休みが取れました」

そう言った彼が、首元を緩める。ややぞんざいな手つきと眼の下の隈が、セオドアの疲労を物語っていた。

どうやら嘘ではない。そんなことを考えている自分に惑いつつ、アレクシアはその場に立ち尽くした。

「……座らないのですか？」

「え……ぁ、このままでかまわないわ……」

密室で、どう対峙すればいいか決めかねている男と二人きり。

あからさまに避けることも、近づくことも躊躇われた。そこはかとなく警戒していたのも否めない。

アレクシアが視線を床に落とすと、彼が皮肉めいた苦笑を漏らした。

「――大勢の人間を殺め、自分を犯した男とは同席したくありませんか？」

ギクリと身体が固まったのは、図星だったからだ。

ただし、アレクシアの心臓を射抜いたのは『大勢の人間を殺め』たことだった。我が身を暴かれた事実は、辛くはあってもその価値がいまいちわからない分、しこりのように胸の内に凝っただけだ。

どうせこれまでも今後も、誰かに嫁ぐ予定はない。純潔を求められる立場ではなく、もっと言うなら『最悪の記憶』ではなかったことも大きい。

あの夜のセオドアは恐ろしいだけではなかった。そうアレクシアが思い込みたいだけかもしれないが、彼は優しさも垣間見せてくれたように思う。

暴力は振るわれなかったし、怒鳴られることもなかった。痛みはあっても、それ以上の快感を与えてくれた。

もしもアレクシアがゴードン家の奥深く隠されたままであったなら。

強く他者に抱きしめられる感触も、口づけの甘さも知らないままだった。そう思うと、恨みを剝き出しにすることは、とてもできない。憎しみを晴らすために純潔を散らされたのだとしても。

けれどセオドアが殺人者であることは、話が別だ。しかも被害者はアレクシアの家族だけではない。

ゴードン家の使用人たちだけでもかなりの人数になることは間違いなかった。そして過去にはもっと――

「……今まで、どれだけ多くの人を手にかけたの……？」

「気になりますか？　聞かない方が貴女のためだと思いますよ。まぁ正直僕も、正確には覚えていません。ただ――そうですね。初めて人を殺めたのは、ゴードン家を追い出され、町に辿り着いて数日後でした。仕事を紹介してくれると嘘を言い襲ってきた男たちと揉み合っているうちに、彼らの持っていたナイフを奪って、刺し殺していました。あの感触は不快でしたね」

「……っ」

手を前へ突き出す動きを再現し、彼は澱《よど》んだ瞳で嗤《わら》った。

かつての感覚を思い出したのか、ぶらぶらと手首を振る。

アレクシアはセオドアが屋敷を追い出され、そんなにも早く危機に瀕したことに衝撃を受けていた。同時に、もしも嵐の中を無事彼に追いつくことができていたなら、未来は変わった可能性もあったのだと突きつけられる。

あの夜、間抜けなアレクシアが足を滑らせることなく、セオドアのもとへ駆けつけ、換金できるものを渡せていたなら。今はおそらく全く違うものになっていた。

彼の人生はここまで過酷なものになっていなかったのではないか。きっともっと真っ当に、日の光の下を生きてこられたはず。仕事を紹介するなんて見え透いた嘘に惑わされることなく、夜の闇に沈まず、瞳から星が消えることもなく。

どんなに願っても覆《くつがえ》らない『もしも』を思い描いてアレクシアの眼が熱く潤んだ。涙が溢れそうになり、咄嗟に顔を背ける。嗚咽を堪えるために手で口を覆った。

「――ははっ、そこまで嫌がられると、面白くないですね」

そんなアレクシアの行動を、セオドアは嫌悪感のせいだと受け取ったらしい。

違うと否定したいのに、今振り返れば泣いてしまいかねない。眼の縁に溜まった滴をアレクシアは懸命に散らした。

分かり合えない平行線。

自分たちはどこまで行っても同じ景色を見ることは叶わない。

今更、『本当は父が貴方を追い出した夜、私はセオドアを追いかけて謝りたかった』なんて告げたところで、まるで意味はなかった。

しかもアレクシアは目的を果たせず大怪我を負っただけ。

何故あの夜彼に追いつくことができなかったのか。嫁いだはずの自分が惨劇の夜にゴードン家にいた理由。それらを説明するには、傷痕に言及しないわけにはいかない。

それではセオドアを責めているみたいではないか。彼には何も咎がないのに。

――セオドアはそんなふうに思わないかもしれないけれど、でも……

恨み言を言うつもりは微塵もなく、全てはアレクシア自身の行動の結果。

こうして苦々しく苛烈《かれつ》な表情で睨《にら》みつけられていることも、全部。

「――……人を殺めた手で、触れないで……」

「……っ」

だとしたら無力な自分に、セオドアが気の済むまで憎しみを発散できるように誘導する以外、いったい何ができるのか。

せっかく裏の社会で力と権力を手にしても、自発的に復讐する気力さえ摩耗した彼にアレクシアがあげられるのは、これだけだ。

自分を玩具にして楽しめるなら、それでいい。どうせ生きていても死んでいても同様の人生だった。誰かの――セオドアの役に立てるなら本望だ。

わざと視線に鋭さをのせ、彼を見る。精々、鼻持ちならない女に映ることを願った。

結婚しても夫から見向きもされず、実家に戻された女として信憑性が増せば上々。甚振り甲斐のある娘だと興味を惹《ひ》きつけられたら。

――まだ、飽きて捨てられることもない。

微かに過《よぎ》った思いは、心の奥深くに封印した。

アレクシアにとっても、これは復讐。両親と兄を殺され、屋敷に火を放たれた恨みがあるのだと、自分自身に言い聞かせる。実際は、セオドアへ悪意をぶつけたいと願うほど強い感情は抱いていないにも拘らず。

――憎しみ合っていれば、一緒にいる理由になる。彼だって、心置きなく負の感情を解放できるのではないの……？

やっと己の存在意義を見つけた気がして、アレクシアは固く手を握り締めた。

伸びた爪が掌に突き刺さり、それよりも痛みを訴える心は見て見ぬふりをする。

もっと苦痛を感じたのは、セオドアの強すぎる怒りの眼差しだった。

「……ああ、そうですね。お綺麗な貴女には嫌でたまらないでしょう。ですが、アレクシア様は僕のものだ。拒否権はないと申し上げたはずです。それとも――もっと身体に覚え込まさなければいけませんか？」

彼の瞳に劣情が灯った。揺らぐ焔は、危険な色を帯びている。怒らせてしまったのだと悟り、アレクシアは秘かな満足感を噛み締めた。

3　深淵の楽園

真っ暗な部屋の中、獣じみた呼吸が響いていた。

二人分の荒々しい呼気に、淫らな水音、ベッドの軋みが折り重なる。

「……ッ、ぁ、あああ……ッ」

もうどれだけ長い間、こうして会話もなく絡み合っているのか、分からない。時間の感覚を喪失して久しい。

辛うじて、窓の外が暗くなり今夜は月も出ていないことが窺い知れるだけ。夜明けが遠いのなら、アレクシアが解放されるまではまだまだかかりそうだった。

「もう……嫌っ……ぁ、あアッ」

拒絶の言葉を吐いた瞬間、四つん這いになった身体を背後から鋭く突き上げられる。最奥を抉ったセオドアの切っ先は、容赦なくアレクシアの弱い部分を責め立てた。

「ひぃ……っ」

ブルブルと全身が痙攣し、体内の屹立を勝手に喰いしめてしまう。アレクシアの蜜窟がぎゅうっと窄まった拍子に、彼の剛直がより質量を増した。

「……んぁッ……駄目ぇ……っ、も、無理なの……っ」

腹の中には既にセオドアが放った白濁が溜まっている。それを掻き出す勢いで前後に揺さぶられ、アレクシアの肘が体勢を支えられずに崩れ落ちた。

尻だけ掲げた淫猥な姿勢が恥ずかしい。彼に撫で回される円やかな肉が、羞恥に震えた。

しかしそれは余計に官能の焔を灯す。

ゾクゾクとした愉悦が膨れ、花弁が蜜をこぼせば、嫌がっているのは口先だけだと言っているのも同然だった。

早くとせがむかのように、淫路は不随意に蠢いている。熟れ切った蜜口は、卑猥な色味に染まっていた。

相変わらず数日に一度しか屋敷へ戻らないセオドアは、ここへ足を運ぶたびにアレクシアを組み敷く。ほぼこの部屋で過ごすと言っても、過言ではなかった。

食事や入浴も室内で済ませ、よほど緊急の用事でなければ取り次がないよう厳命しているらしい。それどころか、近づくことも禁じている。

この部屋から出られないアレクシアに正確なことは分からないけれど、屋敷の規模を考えれば大勢の使用人が働いているはずだ。しかし当初から出入りしている女性以外、未だ自分が眼にしたことはなかった。

「無理？　美味《おい》しそうに僕をしゃぶっているくせに」

「アあっ」

冷静でいられなくなる箇所を突き回され、ますますアレクシアの身体から力が抜けた。上半身は完全に虚脱して、乳房の先端がシーツに擦れている。硬くなった頂は、たったそれだけでも愉悦に溺れた。

「ふ、ぁ、あ……っ」

「いやらしいお嬢様。僕がいない間に、他の男を誘い込んではいませんね？」

今夜も彼は、屋敷に戻って来るなりアレクシアの部屋へやってきた。数日ぶりの帰宅に疲れを滲ませてはいたものの、情動は尽きることがない。

逆にもっと荒々しく、執拗《しつよう》に貪《むさぼ》られた。

囚われてから数か月。もはや当たり前になりつつある行為。セオドアはこの屋敷に滞在している間、さも当然のようにアレクシアを抱いた。

まるでお気に入りの玩具が壊れるまで、存分に遊び尽くすかのように。

「そんな……ことっ、しているわけが……っ、な……ぁあぁッ」

とんでもない言いがかりを否定しようとしたが、腰を後ろに引き寄せられ乱暴に突かれたせいで、最後まで言い切ることはできなかった。

爛れた肉壁を満遍《まんべん》なく摩擦され、身体中どこもかしこも気持ちがいい。多少荒っぽく扱われたところで、悦楽の火が弱まることはなかった。

涎《よだれ》を垂らし、犬のように貫かれる。喘ぐことしかできなくなったアレクシアの眦から涙が溢れた。

女の尻と男の腰がぶつかって、拍手めいた音が鳴る。その速度が速まるほど、蓄積される快楽が凶悪なものになった。

思考も理性も食い荒らされて、快感の虜《とりこ》になる。余計なことを考える余裕はない。

自ら卑猥に腰をくねらせているとは思いもよらず、アレクシアは一際大きな声で鳴いた。

「はぅ……っ、あ、あぁああッ」

頭が焼き切れそうな愉悦が弾け、収縮する蜜襞を逞しい楔が往復した。絡みつく肉壺を引き剝がし、更に奥へ叩き込まれる。

しなやかに動く男に背中から抱きしめられ、アレクシアは絶頂へ飛ばされた。

「ま……っ、今イって……、ぁ、あ、やぁ……っ」

既に高みへ放り出されたのに、セオドアは腰を振るのを止めてくれない。すっかり柔らかく解れ、下りてきた子宮をガツガツと突き上げられる。

あまりにも大きな悦楽に襲われ、アレクシアはみっともなく四肢を戦慄かせた。

「ひ、ぐ……っ、んぁあぁッ」

まさに、玩具。思うさま甚振られ、好きなように弄ばれる。

アレクシアがいくら限界を訴えても、彼が満足するまでは決して終わらない。

おそらく今夜も、意識を失うまで解放してはもらえないだろう。夜が明けてもセオドアがまだいれば、明日も一日中爛れた時間を過ごすことになる。

体内に迸る熱液を受け止めながら、アレクシアは息も絶え絶えでシーツに突っ伏した。

だが束の間休めると思った期待は、即座に裏切られる。

「まだ眠っていいと言った覚えはありませんよ？」

「……っ、ぁ」

腕を後方に引かれ、上体を起こされる。そのまま、座ったセオドアの胸へ寄りかかるよう促された。

筋肉質で汗ばんだ男の肌が背中に当たり、鼓動が乱れてしまう。激しく乱打するアレクシアの心音は、行為の直後のせいだけではなかった。

彼の匂いに包まれて、絡みついてくる腕の強さにクラクラする。十年前は華奢《きゃしゃ》な少年だった面影は、もはやどこにもない。

戸惑うほど雄《おす》の香りを撒き散らされ、酩酊するなと言う方が無理がある。

アレクシアよりも硬い肌や、太い手足、大きな身体と低い声。それら全てが圧倒的な存在感を放ち、こちらの視線を捕えて放さなかった。

いつだって目線が合えば逸らせなくなる。

だからこうして向かい合わない体勢はある意味都合がいい。本音を隠したやり取りに慣れていないアレクシアは、感情を上手くごまかせる自信はなかった。まして、裏社会を生き抜いてきたセオドアに対して、自分の拙い嘘が通用するとは思えない。

彼の瞳は底なし沼めいていて、覗き込めば何もかも曝け出してしまいそうになる。言う必要のないことも、言いたくないことも全部。

だったら極力眼を合わせなければいい。それくらいしか、アレクシアにできる抵抗はなかった。

「や、まだ……っ」

息を整える間もなく抱えられたアレクシアの身体が下ろされたのは、セオドアの楔の上。

散々暴かれた陰唇は、今も蜜を垂らしてヒクついている。そこへ強制的に彼の先端を含まされ、アレクシアは幼子の如く首を横に振った。

「待って、お願い……っ」

「この程度では、満たされない」

「んァ……あああっ」

ぐぷっと聞くに堪えない淫音と共に、一気に体内を抉られた。深々と串刺しにされ、だらしなく口と眼が開きっ放しになる。

押し上げられた内臓が少し苦しい。これまでにないほど奥までセオドアの屹立が到達している。

ブルブル震えることしかできなかったアレクシアは、されるがまま彼に揺さぶられた。

「ひぁッ、ぁ、あアッ、ぁあああ……っ」

持ち上げられては落とされて、脳天まで衝撃が響く。

同じ背後から責め立てられる体勢でも、四つん這いを強いられていたときとは擦られる場所が微妙に違った。

狭隘な道を摩擦され、下腹を掌で外から圧迫される。よりはっきりとセオドアの剛直が感じられ、蜜路が蠕動《ぜんどう》した。

「やぁ……ッ、ぁ、あ、これ……駄目……っ」

すっかり顔を覗かせた秘豆を弄られ、ブワリと汗が全身から噴き出した。揺れる乳房も鷲掴みにされ、頂を摘まれる。

三点同時に責められて、アレクシアは処理しきれない快楽に鳴き喘いだ。

「アッ、ぁ、アッ……ァあぁッ」

涙で霞《かす》んで、ろくに物も見えやしない。意識の大半は混濁していた。苦痛に近い悦楽が、いつ終わるとも知れずアレクシアを苛む。既に声は掠れ、過敏になった肉体は軽く撫でられるだけでも凶悪な喜悦を生み出した。

耳朶を嬲る吐息の熱さにも愉悦は増幅され、乾く間もない蜜口が淫らな咀嚼音を奏でる。充血した花芯は限界まで膨れ、痛々しいほど赤く色づいていた。

「……はっ……汚らわしい人殺しの、それも家族を奪った仇が相手でも、お嬢様は感じてしまうのですね」

下から突き上げながら、セオドアが口角を上げているのが伝わってくる。振り返り、見る必要もない。

彼の心は全く見透かせないのに、肌を重ねるたびにセオドアが今何を望み、どんな表情をしているのかはぼんやり把握できるようになった。

皮肉な話だ。本当に知りたいことは何一つ得られなくても、ふしだらな行為だけは上手くなってゆく。

今もアレクシアの蜜窟は、自分の意思とは無関係に彼が求めるまま卑猥に蠢いた。

「か、感じてなんていない……ひ、ぅっ」

「嘘はもっと上手に吐いた方がいい。遠慮せず、僕が憎いと言えばいいのに」

優しい手つきで下腹を撫でられ首筋に舌を這わせられると、甘やかされているのかと勘違いしそうになる。その上耳殻を唇で食まれては、『お願い』をされている錯覚に陥った。

――セオドアは、私に『憎い』と言わせたいの？　そうすればより貴方の復讐は完成する……？

痛めつける相手は惨めな弱者よりも、気位が高い傲慢な人間の方が望ましいのかもしれない。憎々しい者が対象なら、下手に罪悪感を抱かずに済む。

少なくともアレクシアはそうだ。彼は自分にとって加害者であっても、同時に被害者でもある。そのせいで複雑な心情を抱えていた。心底から憎悪を滾らせることはできない。

どこか欠落してしまったセオドアも同じなのではないだろうか。

長年抑えてきた感情を爆発させるためには、相応の理由がいる。もしも彼の中に今でもかつてのセオドアがいるとしたら――

い落ちた。
「……分かっているなら、聞かないで……ッ」
精一杯の憎まれ口は、含み笑いでいなされた。
蜜道を埋める楔が一層漲る。腹を内側から圧迫されて、アレクシアの胸の中央を汗が伝
い落ちた。
「はは……っ、でしたら貴女も僕へ復讐しますか？　死を願っている暇なんてありません
ね。いい機会だから教えて差し上げます。あの夜僕が、どうやってアレクシア様の家族を
殺めたのか――」
耳元で睦言を囁くように紡がれたのは残酷な告白。
生々しく詳細に、家族が命を奪われるまでを聞かされた。どんな順番で、どこを刺し、
完全に事切れるまでにかかった時間も。
陰惨な内容とは裏腹に、アレクシアの快楽を引き出す手つきは不釣り合いに優しい。
先ほどまでの荒々しさはなりを潜め、じっくりと官能を高められた。
「あうっ」
感じてしまう場所をぐっと鋭く抉られて、思考はグズグズに崩された。淫芽を捏ねられ、
何も考える余裕はなくなる。
喘ぐだけになったアレクシアは甘い声で鳴き続け、再び快楽の頂に押し上げられた。

「アっ、あ……あああァ……ッ」

迸る熱液に、体内から白く染め上げられる。これはきっと罪の刻印。家族の死を聞かされながらふしだらに乱れる自分への、消えない焼き印。

ぎゅっと抱きしめてくる腕の切実さが、不思議と苦しくて切なかった。


初めて馬に乗せてもらったときは、興奮を抑えきれなかった。

動物は大好きだ。面倒を見て可愛がれば、その分信頼と愛情を寄せてくれる。

アレクシアが生き物と触れ合うことに両親はあまり良い顔をしなかったけれど、乗馬に関してはいずれ必要になるかもしれないと言って、許してくれた。

近頃は貴婦人の嗜みの一つとして乗馬は捉えられているらしい。

娘を理想的な淑女に育て上げたい両親は、流行《はや》りの趣味を持つのは悪くないと考えたのだろう。何をきっかけにして最上の結婚相手を捕まえられるか未知数だからだ。

お転婆《てんば》であることをいつも叱られ、これまで動物たちに近づけなかった分、急に乗馬を許されたアレクシアが馬ともっと戯《たわむ》れたいと考えるのも、故に自然なことだった。

あと二か月でアレクシアは十二歳になる。

そうなればこれまでよりもずっと、厳しく立ち居振る舞いを躾けられるだろう。成人には程遠いが、子どもでもない、大人の女性になるための準備期間に入るからだ。

——今だって自由とは言えないのに、もっと締め付けられるのかな……

損得を考えて誰と友人になるのか、異性に好まれるようどんな音楽を聴き話題を選び、人に好まれ羨ましがられるためのドレスを纏うのか。決められてその通りに行動することが『正しい』と母は言う。

女の幸せはそういうものだと頭ごなしに決めつけられても、アレクシアには受け入れがたい。

どうしたって反発心が湧いてしまう。そのたびに怒られるのは分かっているし、反抗的な態度を取ってしまう自分自身にも辟易した。

だが両親が押しつけてくる『完璧な女性像』は、アレクシアの眼から見ると魅力的とは思えないのだ。ひどくつまらない——空虚な人形じみている。

勿論そんな発言をすれば、こっぴどく叱られた上、罰として食事を抜かれかねないので、絶対に口にしないけれども。

——セオドアと遊んでは駄目って、また言われるのが一番嫌……

男女はある程度の年齢になれば、共にいるのは奇異なこと。親兄弟だって、常に傍にいるなんてあり得ない。

その点は、アレクシアも理解していた。

恋人や夫婦なら微笑ましく見守ってもらえても、他人ではどれだけ仲が良くても——むしろ仲が良いほど——余計な詮索をされてしまう。

しかも身分が釣り合わない相手とは、ろくに口を利くことすら褒められたことではないというのが、世間一般の常識だ。

貴族は貴族と。富裕層は富裕層と。平民は平民と。同じ階級で交流しないと、様々な軋《あつ》轢《れき》が生まれる。

——でも馬鹿馬鹿しい……うちだって元は普通の平民よ。お父様に商才があったから、ここまでの財を築いただけで……私自身はちっとも偉くないわ。

ならばセオドアとも同等のはず。これまで通り睦《むつ》まじくしていても、何ら問題はないに決まっている。そう頭では思っていても、ことは簡単ではなかった。

アレクシアの考えを両親に語れば、それこそお仕置きが待っている。お尻をぶたれるだけでは済まないことくらい、アレクシアにも分かっていた。

——身分とか何だとか、くだらない。全員同じ人間じゃない。そうよ、王様だって孤児だって、そこは変わらないのに。

セオドアと引き離されそうな鬱憤《うっぷん》を持て余し、気分転換に向かったのは馬小屋。大きな馬を間近で見たくて、こっそりと中へ忍び込んだ。大好きな動物と触れ合えば、鬱々《うつうつ》とした気分が晴れるに違いない。そんなアレクシアの目論見は、見事に的中した。艶やかな毛並みに筋肉質で美しい馬は、アレクシアの悩みを吹き飛ばしてくれる。感動で歓声が漏れたほど。

だがつい接近し過ぎた上に手を伸ばしてしまったのは失敗だった。

しかも馬の背後からにじり寄ってしまったのだから、無知とは恐ろしい。

あのときの馬に悪意がなかったのは、今なら分かる。けれど突然蹴り上げられそうになったアレクシアは、動くことすらできなかった。

不機嫌そうな嘶《いなな》きを上げた馬。後ろ脚に力が籠ったのは、筋肉の動きで見て取れた。地面を蹴る蹄鉄《ていてつ》。巻き上がる藁《わら》。

『危ない、お嬢様っ！』

もしもセオドアが咄嗟に助けてくれなければ、大怪我を負っていたに違いない。いや、最悪死んでいた可能性もある。

気づけば、二人揃《そろ》って飼い葉の中に転がっていた。

『……あ』

ドッドッと暴れる心臓が身体を内側から激しく叩いた。見開いた瞼を閉じることもできない。

驚きのあまり固まったアレクシアは、慌てたセオドアに顔を両手で包まれ至近距離で覗き込まれて、初めて我に返った。

『大丈夫ですか、お嬢様っ？』

普段おっとりとしたところがある彼が、珍しく声を荒げ切羽詰《せっぱつ》まった顔をしている。いつになく男性らしい力強さに、アレクシアの胸は一層大きく脈打った。

『へ、平気……よ』

『怪我はっ？　どこも痛めてはいませんかっ』

床を転がった際に多少ぶつけたところはあるが、どれも軽傷だ。セオドアが庇ってくれたおかげで大事には至っていない。飼い葉の上に着地したこともあり、衝撃が少なかったのだろう。

そう思ったことをアレクシアが告げると、彼は泣きだしそうに眼を細めた。

『……よかった……』

俯いたセオドアの黒髪がサラサラと揺れ、日の光を受けて煌めいた。天使の環に似た艶がつむじを囲うように浮かび上がっている。

綺麗な髪には、幾つもの藁が絡みついていた。

『……セオドア、ゴミだらけ……』

『誰のせいだと思っているのですか。いくら人に慣れた動物でも、不用意に近づいてはいけませんよ。まして誰もいないときに』

『ご、ごめんなさい』

どう考えても自分が悪かったと思い、アレクシアは余計な言い訳をせずに謝った。

それでも彼の髪についた藁は、せめて自分の手で全て取ろうと思い立つ。

『あの、本当にごめんなさい……セオドア。私ったら、貴方に助けてもらうのはこれで何度目かな……』

『忘れていらっしゃらないようで、安堵しました。二年近く前に木登りで失敗したことは覚えていらっしゃるみたいですね』

嫌味たっぷりに返されても、事実だからぐうの音も出ない。

仕方なくアレクシアは、黙ったまま彼の頭や身体についた藁を取り除き始めた。

『……自分でやりますから、お嬢様の手を煩《わずら》わせる必要はありませんよ』

『でも、私のせいでこうなったんだし……セオドアこそ、どこも怪我していない？　私より貴方の方が綺麗なんだから、傷なんて負っちゃ駄目だよ』

『綺麗なのは、お嬢様です。それに怪我の一つや二つ、かまいません。――貴女を助けられたなら……』

『ん？　何か言った？　後ろを向いて、セオドア。後頭部も藁だらけになっちゃった』

彼の言葉の後半は、とても小声で囁かれたので聞き取れなかった。おそらくセオドアも、アレクシアに聞かせるつもりはなかったのだと思う。

素直に背中を向けてくれた彼の背面を払い、髪に絡んでしまった藁を丁寧に取る。ほとんどのごみを取り終えた頃、セオドアが振り返った。

『……お嬢様も藁だらけです』

『ふふ、お揃いだね。怖かったけど、ドキドキしちゃった。刺激的で面白かったかも』

『そのようなこと、奥様の前で口にしてはいけませんよ』

『それくらい分かっているわ。セオドアったら、私のこと馬鹿にしているの？』

彼の指がアレクシアの前髪を梳《す》き、頬を掠め、張り付いていた藁を取ってくれた。さながら壊れ物を扱う繊細な手つきに、思わず眼が吸い寄せられる。

まだ成長過程にあるセオドアの指先は細い。肉体労働者の証として節が膨れ、日に焼けてはいたものの、それでも美しいと思った。

『……ぁ、ありがとう……』

『いいえ。お怪我がなくて、本当に良かった。貴女は僕の――大事な……お嬢様ですから』

『それを言ったら、セオドアだって同じだよ。貴方も私にとっては大事な人だもの』

淡い恋心が刺激され、ほんの少し息が苦しくなった。

彼にとって自分は仕えるお嬢様に過ぎない。万が一アレクシアが怪我をすれば、それはセオドアの責任にもなりかねないのだから、彼が気にかけてくれるのは自然なことだった。

優しい人なので、本気で心配もしてくれているのだろう。その心遣いは嬉しいと思う。

だがアレクシアが求めるものとは微かに違う。

その上、願ってやまないものが何なのかも、未だお子様のアレクシアには曖昧だった。

胸に宿る熱は日々大きくなるのに、この先はあまりにも不明瞭だ。己に問いかけてみても、『ずっとセオドアと一緒にいられたらいいな』という子どもじみた答えしか浮かばない。

結局、胸の疼きからは眼を逸らし、笑い合って互いの髪を整えた。

『――これでよしっ。私が失敗したとは誰も思わないよね』

『ええ、見事に証拠隠滅です。馬も落ち着いていますし、もう出ましょうか』

『うん！　でもその前に……リオン、驚かせてごめんね？』

今は何事もなく尾を揺らしている馬の名を呼び、アレクシアは頭を下げた。当然、当の馬は素知らぬ顔だ。しかし耳をピクピクと動かしてくれたから、謝罪は受け入れてもらえたものと捉えた。

『うふふ、心が広い優しい子だね。また遊びに来てもいい？』

『……寛容なのはお嬢様ですよ。きっと他のご家族なら、怒りのままにリオンの処分を命じるでしょうから』

『えっ、悪いのは急に近づいて触ろうとした私だもの。人も動物もいきなりそんなことされたら嫌に決まっている。だから罰を受けるとしたら、私の方でしょ？　それにお父様たちだって気に入らないから処分だなんて非道なことはしないわ』

確かに父には冷酷なところがあり、母は感情的な面がある。兄も怒りっぽく気分屋だ。それでもアレクシアには、彼らが何も悪くない馬を虐《しいた》げるとは思えなかった。

『……そう、ですね。失言でした』

軽く顔を背けたセオドアは、やや暗い翳《かげ》りを帯びていた。アレクシアは不思議に感じつつ、自分の方こそ余計なことを言ってしまったのかと焦り、別の話題を探す。

彼の元気がなくなると、こちらまで陰鬱な気分になるせいだ。

『えっと……私が言いたいのは、セオドアを責めているつもりじゃなくて……そうだ。後でリオンに餌をやってみたいの。貴方が一緒のときなら、許してもらえるかな？』

『……どうでしょう。馬番に話を通しておきます』

頷いてくれた彼に改めて礼を告げ、アレクシアとセオドアは馬小屋の外へ出た。

そのまま自分の仕事へ向かってしまいそうな彼を引き留め、歩きながらおしゃべりに興じる。以前と違い、こうして二人で過ごせる時間は貴重なものだ。せっかくなら、もっと引き延ばしたかった。

『だけどどうしてセオドアは、私があそこにいるって分かったの？　絶妙なタイミングで助けてくれたけど……』

『ああ。たまたまお嬢様が小屋へ入っていくのを見かけたんです。貴女のことだから、何かしでかすのではないかと不安になって、追いかけました』

『もう！　失礼しちゃう！』

しかし結果的に彼の言う通り危うく大変なことになりかけたのだから、アレクシアの文句は尻すぼみになった。

『ま、まぁ今回も助けてくれて、感謝しているけど……』

『……お嬢様の危機に駆けつけられたなら、光栄です』

綺麗な双眸に見つめられ、声が上擦りそうになる感覚に襲われた。少し暑さを感じ、それがまた心地いい。

高揚したアレクシアは庭園に置かれたベンチに腰かけ、セオドアにも座るよう促したが、彼は固辞した。いつから並び合って腰を下ろすことはなくなったのか。

――以前なら隣に座ってくれたのに……そういえば、随分前から断られるようになった……

二人の関係性の変化は、何も最近突然始まったことではないのだと、不意に気がついた。それでも近くにいてくれるだけで心は安らぐ。同じ景色を見ていると思えば、誰と過ごすどんな時間よりも楽しく充実していた。

『セオドアが私の危機に駆けつけてくれるなら、来週のお茶会も助けてほしいな……』

『来週？　エバンス夫人が奥様に会いにいらっしゃる日ですね』

『そう。その日にロザリアも一緒に来ることになっていて……私もお茶会に同席しなくちゃならないの』

母の友人であるエバンス夫人は、裕福な家の奥方だ。二人は独身時代から睦まじく交流を重ねている。だがその娘同士は、良好な関係とは言い難かった。

とにかく壊滅的に気が合わない。

気位が高く何でも人より注目を集め一番でなければ気が済まないロザリアと、自慢話に興味がないアレクシアでは、会話が合うはずもない。

そもそも彼女の好む話題の大半は最近の流行と、無責任な噂話と悪口。そして将来有望な家の息子は誰かといったことばかり。つまりアレクシアの母が毎日のように語ってくる苦痛なものと同じだった。

叶うなら、好んで会いたくはない相手。しかし来週には確実にやって来る憂鬱《ゆううつ》な予定だ。

その日のことを想像するだけでうんざりして、アレクシアは空を仰いだ。

『ああ……嫌だなぁ……そんな無駄な時間を過ごすなら、リオンに乗ってどこか遠くへ行きたい』

セオドアが助けてくれればいいのに、と冗談めかして続ければ、彼は曖昧に笑って何も言ってはくれなかった。

――せめて、同席できなくても心は傍にいますよとか、言ってほしかったな……。

セオドアはできない約束を口にする人ではない。それが分かっていながら、アレクシアは子どもじみた不満を覚えた。

靴の爪先で、ザリザリと土を抉る。どうにかして彼の興味をもっと惹きたくて、懸命に頭を巡らせた。

『……ロザリアには、もう婚約者候補がいるみたい。この前、自慢していたわ。もしかしたら、私の婚約者候補についてお母様はエバンス夫人と相談するつもりなのかも』

捻り出した話題の前半は本当で、後半は根拠のない憶測だった。

普通に考えれば、父抜きで決められる問題ではないので母親同士が話し合ったところで意味はない。それは雑談の一つに過ぎないだろう。精々が『いい人はいないかしら』程度のぼやきだ。

エバンス夫人にしても最高の条件を備えた娘婿候補がいれば、他に紹介などするわけがなく、水面下で我が子の伴侶として囲い込むに決まっている。

故にこれは、アレクシア渾身《こんしん》の浅知恵でしかなかった。

――私の馬鹿。こんな話、セオドアにしても意味がないし、彼が反応してくれるはずがないのに……。

口にしてから己の幼稚《ようち》な間抜けさに嫌気が差した。

駄々をこねる子どもと大差ない。どうにかしてセオドアをこの場に引き留めたくて、愚にもつかない話をしてしまった。

だが自己嫌悪に陥るアレクシアが怖々彼の様子を窺ったとき。

『――それは本当ですか？』

強張った顔をしたセオドアが瞳を揺らした。

『えっ、ぁ、う、うん……』

切羽詰まった剣幕《けんまく》に、こちらの方が戸惑う。全部が嘘ではないが真実でもない話に、こんなにも食いついてもらえるとは思わなかった。

『そ、そういう相談をお母様がすることもあり得るかなって……』

アレクシアは基本正直者なので、急に後ろめたくなり言い淀む。騙《だま》したつもりはないものの、結果的には同じこと。気まずくなりながら少しだけ顎を引いた。

『……ロザリア様にはお兄様がいらっしゃいましたね』

『え？　そうだった？』

関心がないので、覚えていない。あのロザリアの兄では、あまり性格はよくないに決まっている――などと失礼なことを考えた。

『お嬢様の婚約者候補に考えているのかもしれません……』

『ええっ？　冗談でもやめて！　絶対に嫌！』

突然予想もしていなかったことを告げられ、アレクシアは思わず立ちあがった。

もう少しだけセオドアと二人きりの時間を楽しみたかっただけなのに、とんでもないことを言われ、華やいでいた気分が一気に萎《しぼ》む。

地団太を踏みたい心地で頬を膨らませれば、彼は長い睫毛を伏せた。

『……どうしてですか？　年齢的にはちょうどいいですし、いずれはエバンス家と事業を継がれる嫡子《ちゃくし》ですよ？　母親同士の仲もいい。理想的な相手ではありませんか』

他の誰でもない、セオドアから言われたという事実にアレクシアは愕然とした。

酷い。

こちらの気を知りもしないで。

苛立つ心の原因はひとまず横に置き、アレクシアは眦を吊り上げた。

『年齢とか、家とかそんなことどうでもいい。条件で結婚するなんて、馬鹿みたい！』

『……釣り合いの取れた相手と一緒になることが、幸せだと思います』

『そんなの変。だって理想的な人と結婚しても駄目になることはあるし、その逆だってあるでしょう？　大事なのは、心の持ちようではないの？』

誰と一緒になって、どんな生活を送れれば幸せだと感じるのか。それは人それぞれだ。

衣食住に困らなくても心が満たされず苦しむことがあれば、裕福とは言えずとも穏やかで平和な暮らしだってある。

アレクシアは思いのたけをセオドアに吐き出した。何故か、彼には理解してほしいと願っている。両親のように否定しないでくれと、心の底から祈った。

『……ではお嬢様は、もしも安泰な一生を保証してくれる裕福な男と、貧しく何も持たない男が同時に求婚してきたら、どちらを選びますか』

『それは流石に意地悪な質問だわ。前提条件が公平じゃないもの』

財力の差を埋めるような条件がなければ、比較は成り立たない。頭のいいセオドアがその程度のことに気がついていないはずはなく、アレクシアは首を傾げた。

『……おっしゃる通りですね。では、二つを等価値にする条件はあると思いますか』

まるで授業を受けている気分がした。用意されている正解を、アレクシアが導き出せるか試されているよう。いや、切実に求められていた。

『……そんなの、決まっている。想い合う愛情があるかないかよ』

不自由のない暮らしでも愛されないのと、贅沢はできなくても愛に満たされた生活。どちらがいいかという質問ならば、成立する。そしてアレクシアが選ぶのは。

『私なら――大好きな人と一緒にいたい。困難に見舞われても、自分が選んで支え合いたい人が隣にいてくれたら……きっと幸せだと思う』

そんな意見は、本当の生活苦を知らない子どもだからこその甘い考えなのかもしれない。

けれど今のアレクシアにとっては、心底本音だった。

自分の両親は不仲と言うほどではないが、睦まじいとも言い難い。互いに利益があるから、辛うじて同じ家に暮らしていると表現した方が近かった。

夫婦と呼ぶより、己の立場や対面を維持するための協力者といった風情《ふぜい》だ。対してセオドアの両親は、傍で見ていても微笑ましくなるほど相手のことを思いやっている。

結婚して二十年近く経つはずなのに、未だに新婚夫婦のようだ。

それを間近で見てきたアレクシアは、『どちら』を選ぶと問われれば、答えは決まっている。

『ああ勿論、お金持ちで私を愛してくれる人がいたら、それが一番だわ』

照れ隠しについ声が大きくなり、赤くなった頬は顔を背けることでごまかす。

本当は『愛してくれる人』と口にしたとき、セオドアの顔を思い描いていたけれど、アレクシアは必死で掻き消した。

これを口にしてはいけないことくらいは理解している。彼を困らせたくもない。

会話が途切れ、気まずい空気が漂った。落ちた沈黙が耳に痛くて、アレクシアはわざとらしく腕を組む。

『ま、まぁ、あれこれ言ったところで、私が決められる話ではないものね。――そろそろ戻りましょう、セオドア』

自分が彼を引き留めておいて勝手だと思ったが、仕方ない。これ以上一緒にいれば、余計なことを言ってしまいそうだ。ここまでせっかく我慢してきたのに。

今この瞬間が大事だから、告げられないことが幾つもある。

幼い恋心を押し隠し、アレクシアはそっと胸を押さえた。

――ああ……これは懐かしい夢だ……。

周囲の景色と少年だった彼の姿が白く霞んでゆく。

そう言えば、あの日がセオドアと二人きりでゆっくり話せた最後だったと思い出す。

まさかこのひと月後にあんな悲劇が起こるなんて、いったい誰に想像できたのか。

感じた胸の痛みと共に、アレクシアの意識が浮上する。

自分が幸せだった過去を垣間見ていると気がついたのは、幸福感を凌駕して焦げつく痛みがあったから。

切なくて、悲しくて、苦しい。

二度と帰らない日々は皮肉なほど煌めいて、アレクシアの涙腺を刺激した。

「……セオドア……」

瞼を押し上げ視界に入ったのは、見慣れ始めている天井。ただ涙で上手く像が結べない。

数度瞬いて、アレクシアはようやく完全に眼を覚ました。

――ああ……ここは彼の屋敷だ……。

一人の夜は静かで身体を休められるが、殊更孤独を感じるのは何故だろう。今までも長年、独りぼっちで幾夜も過ごしてきたのに。

室内には自分一人きり。ベッドの中央に寝かされたアレクシアの隣に、人が眠っていた形跡はなかった。おそらく、玩具で遊び、気が済んだセオドアは、眠ることなく出て行ったのだと思う。

彼は自分の傍では安らげないらしく、用が済めばこの部屋から去る。

起き上がったアレクシアはベッドを抜け、嵌め殺しの窓の前へ移動した。室内履きを履かなかったせいで、足裏からひんやりとした冷気が伝わってくる。闇に沈んだ外を眺め、ガラスに映る貧相な女に嘆息した。

通りの街燈は既に消され、首都も寝静まっている。仮に行き交う者がいても、それは酔っ払いか今夜客を捕まえられなかった娼婦《しょうふ》たちだ。

一人として、大きな屋敷に囚われている女のことなど知りはしない。そんな可能性すら思い描くことはないだろう。

あまりにも隔《へだ》たった世界は想像することすら叶わず、交わることさえも決してあり得なかった。

——私とセオドアも同じ……

アレクシアには彼の受けた屈辱や苦悩を全ては理解できないし、たくさんの人を殺める正統性は受け入れがたい。セオドアもまたアレクシアの内心を正確に汲み取ることはできまい。しかも彼にはするつもりも必要もなかった。

二人の間には奪われたものが積み上がり、乗り越えることは不可能だ。

そんな自分たちがそれでも関わろうと足掻くなら、やはり憎み合う以外ないのだと思う。そうする他に、どう接していいのか当人たちにも不明なのだ。

手探りで進む先は、きっと泥沼。傷つけ合い、互いに摩耗してゆく姿しか思い描けなかった。けれどおそらくは、それこそセオドアが望むもの。

とうに光が届かないところへ行ってしまった彼は、アレクシアを同じ深淵に引き摺り込もうとしている。永遠に這いあがれない深く暗い地獄まで。

自分にできることは、拒むふりをしながら付き従うことのみだ。いつか欠片でもセオドアの心が救われることを祈って。

あんなにも優しく献身的だった彼を変えてしまったのは、自分たち家族だ。それならば、償わなければならない。

同時に、セオドアには犯した罪の重さも知ってほしいとアレクシアは願った。

どんな理由があったとしても、人の命を奪っていいことにはならない。しかもゴードン家の使用人たちは自分たちの間にある確執には無関係だった。それ以外にもセオドアは数多くの人を『仕事』として殺めている。

もはや、取り戻せない命に贖《あがな》う術はなく、未来永劫、背負うしか道はない。

——私が思うよりずっと過酷な道程でしょうね……

許しを乞うことすらできない、どこまでも果て無く続く地獄。そこをさすらう彼の姿が見えた。

そしてまた、セオドアがそうやって生きねばならなかったきっかけが自分たちにあるのだと思い至り、アレクシアの双眸から涙が溢れる。

——だったら、最期まで私は演じてみせる。憎しみをぶつけるに足る最悪の人間を。

無意味な生を漫然と生きるよりも、与えられた役割を完璧にこなす。

長い間忘れていた無鉄砲さや負けん気が、アレクシアの中でよみがえった。

憎しみは人を傷つけ疲弊させるが、時には生きる糧にもなる。逆に愛故に追い詰められることもある。愛しい人を奪われて生きる気力をなくすのがそれだ。

ならば愛情では救えない者を、一時的にでも憎悪で救済することだってできるのではないか。

荒唐《こうとう》無稽《むけい》な発想は、アレクシアが世間知らずだからこそ思いついたものかもしれない。

だが閉じ込められた箱の中、この妄想は至極素晴らしいもののように感じられた。

蓄積された怒りと怨嗟を発散する機会がなかったセオドアのために、自分と負の感情をぶつけ合う。やがて吐き出すものがなくなるまで。

その後でしか、彼は救われない。全て曝け出した後にこそ、かつてのセオドアを取り戻せる。そのときにはきっと、彼は己が犯した罪と向き合えるのだと思った。

――私が、あの人の抱える闇を引き受けよう。

それがアレクシアの罪滅ぼしになる。そして全てが終わった後は……

「――何を熱心に見ているのですか。どうせ真っ暗で何も見えやしないでしょう」

「あ……」

茫洋と立っていたアレクシアは、自分の背後に立つセオドアと窓越しに視線がかち合った。

とっくに立ち去ったと思っていたが、まだ屋敷に留まっていたらしい。入浴を済ませた後なのか、濡れ髪が艶やかにアレクシアの眼を射った。

「いつから、いたの」

「たった今、汗を流して戻ってきました。迷子のような顔をして、どうかしましたか？　もしかして、寝起きに私がいなくてガッカリしましたか？」

嘲《あざけ》る口調は、本気でそう思ってはいないことが滲んでいる。アレクシアの返事を期待していないのか、彼はバスローブを羽織った姿で近づいてきた。

「貴女も入浴しますか？　手伝いますよ」

「……っ」

意味深に背筋を指で辿られ、ゾクゾクとした愉悦が駆け上がる。咄嗟に身を躱したアレクシアは、セオドアから一歩離れた。

「自分で入るわ」

考えてみれば、情事の後そのまま眠ったはずなのに、身体に不快感はなかった。寝衣や下着は新しいものに取り替えられている。

この部屋で彼と過ごす間、セオドアは他者が出入りすることをあまり好まないので、おそらく彼がアレクシアの身を清めてくれたのだろう。

これまでにも何度もあったことだが、その直後にこうして顔を合わせることはなかった。大抵の場合、そのままセオドアが仕事に向かい、何日も会わない日が訪れるせいだ。

——私なんて放置したいだろうに……そういうところは、昔と変わらないのね……

さりげなく気を遣ってくれる。甘やかな記憶が幾つも思い起こされ、狂おしく胸が締め付けられた。

だからだろうか。とても気まずい。

じっとりとした闇が室内に沈殿している。

アレクシアが更に彼から距離を取ろうと後退れば、一瞬早くセオドアに手を取られた。

「遠慮なさらず。隅々まで洗って差し上げますよ」

しまった、と焦ったがもう遅い。どうやら逆に彼を刺激してしまったようだ。嫌がるそぶりを見せたアレクシアに対し、嗜虐心《しぎゃくしん》が擡《もた》げたらしい。

「や……っ、貴方に、触られたくない……！」

引き寄せようとする男の力に抗って、アレクシアは両足を踏ん張った。それだけではなく、掴まれた手首を外そうとして思い切り腕を振った。

これまでなら口では拒否を示しても、ここまで抵抗したことはない。

セオドアも気がついたのだろう。多少怪訝《けげん》そうに眉を顰め、その後歪に唇を歪めた。

「僕の玩具は、いつからこんなに生意気になったのですか？」

平板な声で漏らしながら、そこには苛立ちが覗いていた。彼が不快感を持ったのは間違いない。アレクシアの手首を拘束する手には、骨が軋むほどの圧力が加えられた。

「……っ」

「何か勘違いしているようですね。僕はアレクシア様に許可を求めているわけではありませんよ」

「血に塗《まみ》れた手で、触られたくないの……っ」

きっと相手を傷つけると分かっている言葉を吐くのは、容易なことではなかった。胸に棘《とげ》が刺さった気分になる。だが撤回する気はない。

セオドアに思い切り恨まれようと決めた今、アレクシアは決意を込めて奥歯を噛み締めた。

「貴方が私を憎むように、私もセオドアを恨んでいるわ。当たり前じゃない。自分が何をしたのか忘れたの？」

嘘を真実だと誤認させるため、渾身の力を眼に込めた。

夜の帳に沈んだ室内が、あの惨劇の一夜を思い出させる。あのときも、こうして向かい合って立っていた。血臭が充満する中、互いだけを視界に宿して。

「……覚えていますよ」

漆黒そのものの瞳を細めた彼が見下ろしてくる視線の強さに、アレクシアは気圧されそうになった。それでも瞬きはせず、眼を逸らさない。

今夜は、一歩も引くわけにはいかない。戦慄く膝は、掻き集めた気力で押さえ込んだ。

「だったら、分かるでしょう？　私が貴方を許せるはずがないって――」

あの夜に言及したことで、悪夢めいた記憶がまざまざとよみがえった。床に広がる、まだ生温かかった血を踏んでしまった感触も。すると身体の奥から本物の嫌悪感も湧き上がってきた。

「放して……ッ」

全力で腕を振り、拘束が緩んだ隙に彼の身体を押し返した。思いの外あっさりと距離が開いたことにアレクシアが戸惑っていると、セオドアに素早く捕獲された。

「やめ……っ」

「煩《うるさ》い、黙って」

「んぅ……っ」

強引に口づけられて、憎まれ口は塞がれた。

身を捩って逃れようと試みれば、余計に腕の檻《おり》が狭まる。呼吸を奪うキスは、執拗かつ乱暴だった。

「んん……ッ」

背筋がしなるほど抱き竦められ、苦しい。頭を振っても逃げられない。むしろ彼の怒りを買ったのか、後頭部を摑まれ、より深く激しく唇を奪われた。

「……っ、は」

ようやく解放されたのは、息も絶え絶えになってから。散々喰らわれた唇は、擦れて腫れぼったくなっていた。

「絶望するのは、まだ早いですよ。本物の苦痛を教えてあげましょうか？　忌み嫌う男に、全てを奪われ支配される地獄を」

真正面から覗き込んできた瞳に囚われる。瞬きも忘れて吸い寄せられ、再びキスに翻弄された。

どれだけ拒もうとしても、頬を摑まれていては歯を噛み締められない。逃げ惑う舌は無理やり搦め取られた。啜り上げられ、粘膜を擦り合わせられて甘噛みされる。

嚥下しきれない唾液が口の端から漏れ、いやらしく顎を伝い落ちた。

口内を蹂躙《じゅうりん》されると、淫靡な水音が直接体内に響く。それが余計にアレクシアを追い詰めた。

五感の全てがセオドアに支配され、何もかもが塗り潰されてゆく。息苦しくて見開いた視界に映るのは、近すぎて滲む世界だけ。それでも彼が至近距離でアレクシアを見つめているのがはっきり分かった。

睨むような苛烈さで、見据えられている。

ゾクッと背筋を走った震えは、悪寒ではなく愉悦だった。

甘く背徳的な官能がゆっくり末端まで広がる。それはもはや猛毒。心も身体も蝕まれるもの。

そう理解していて尚、せり上がる喜悦は甘美だった。

「アレクシア様はもっと、汚れて堕《お》ちてくださらないと……」

解かれた唇をアレクシアの首筋に押し当て、セオドアがうっそりと呟く。聞き入ってしまいそうな美声は、酩酊感を引き起こした。

このまま酔い潰れてしまいたい誘惑に流されかける。何も考えず、被害者のふりをして。

卑怯な欲望はあまりにも力強く、抗うのは並大抵の努力では難しかった。

アレクシアは爪を自らの掌に食い込ませ、何とか正気を保ち、深く息を吸う。己の役割を果たすために。

「……たとえ堕ちるとしても、貴方とはごめんだわ」

突き放す言葉は、計算通り彼の自尊心を傷つけたらしい。明らかにセオドアが纏う空気が硬質さを増した。

もとより冷え冷えとしていたものが、より温度を下げる。

完全なる無表情になった彼は、冷徹な瞳でアレクシアを見下ろしてきた。

「……今夜は、いつになく反抗的だ。口先だけではないみたいですね」

顎を捉えられているせいで、横を向くこともできなかった。穴が開くほど凝視され、アレクシアはせめて眼を閉じまいと決意する。

少しでも不自然なことをすれば、きっと嘘が暴かれてしまう。隠さなければならない本心が漏れそうな気がして、必死に嫌な形に口角を歪めた。

「……本音を言う気になっただけよ」

歪な笑顔は、セオドアの瞳に憎々しく映ったに違いない。そうでなくては困る。

彼の整った顔貌が微かに顰められた。あまりにも小さな変化は、アレクシアでなければ見落としていただろう。

「面白い。その強気、どこまで維持できますか？」

「きゃ……っ」

抱え上げられ連れて行かれたのは、浴室だった。

セオドアが湯を使ったばかりだからか、暖かい。それでもいきなり寝衣を剝ぎ取られれば、愕然とした。

「何を……！」

「手伝いますよ。拭っただけでは、僕のものが溢れて気持ちが悪いでしょう？」

軽く下腹を押され、体内から股の間へ滲みだす液体の感覚があった。それが何であるのか、無知だったアレクシアにも分かる。もう何度も経験しているものだからだ。

彼が中に放った欲望の残滓《ざんし》。トロリとして粘度のある液体が、アレクシアの奥から漏れ出てくる。子宮が呑み下しきれなかった子種は、不実な関係の証でもあった。

「……っ」

羞恥で頬が真っ赤に染まる。強張った身体は、たちまち一糸纏わぬ姿にされた。

「じ、自分で……っ」

「掻き出して差し上げます。貴女の指では奥まで届きませんよね。ほら、脚を開いて」

こちらの抵抗を易々と封じた彼が、全く笑っていない双眸を悪辣《あくらつ》に細めた。アレクシアを浴槽の縁に座らせ、膝を押し開く。容赦のない力に非力な女が敵うわけがない。

太腿に全力を込めても、いとも容易く左右へ割られた。すぐさまセオドアが間に身を滑り込ませたから、脚を閉じることもできやしない。

床に膝をついた彼の目の高さに剥き出しの乳房が晒されている。

アレクシアは不安定な場所に腰かけ、恥辱に打ち震えることしかできなかった。

「駄目……っ」

しかもセオドアの手が添えられているのは、右腿に刻まれた傷の上。醜く盛り上がり硬くなったそこは、他と比べて感覚が鈍《にぶ》くなっている。それなのに今は鮮烈に彼の手の温度と感触が伝わってきた。

「触らないで……」

ゆったりとセオドアの掌が蠢く。傷痕を辿り、大きさや形を入念に確かめるように。これまでにも何度も触れられてはいたが、こうまで執拗に撫で回されたことはなかった。

「……充分な治療は施しましたか」

「貴方には、関係ない……！　消せるものなら、お父様たちが躍起になってお医者様に頼んだはずよ」

実際、大怪我を負った当初は金を惜しまず高額な医療を受けさせてくれた。完治する見込みがないと知って以降は、両親はすっかり興味をなくし、最低限の薬を処方させるだけになってしまったけれど。

「医療技術は日々進歩していますよ。数年前なら治療不可能だったものが、劇的に治ることもある。この傷を負ったのが何年前かは知りませんが、最近ではありませんね。直近で診察を受けたのはいつですか？」

医師が直接診《み》てくれたのは、八年近く前だろう。その後はアレクシア自身も諦めてしまった。

だがそれを馬鹿正直に告げる気はない。言えば、『嫁いだ後に怪我をして婚家を出された』のではないと、彼に知られてしまう。そこから『何故傷を負ったのか』まで話が言及する恐れもあった。

――言えない。言いたくない。今更、誰にとっても意味がないもの……

アレクシアが唇を引き結んで黙り込めば、セオドアの瞳が剣呑《けんのん》さを増した。昏い闇が一層濃くなる。下から見上げられている状態なのに、まるで上から押し潰されそうな圧があった。

「僕には何も教えたくないようですね。会話もしたくありませんか」

「え……」

「でしたら、無駄な話は省きましょう。――お望み通り、しゃべらなくても可能な奉仕の方法を教えて差し上げます」

「や、ぁ……っ？」

彼と話をしたくないとは思っていない。ただ言葉を重ねるほど怖くなるだけだ。

余計な期待を抱いたり、罪悪感に囚われることがあり、隠したい本心を抉り出されそうになったりするせいで。

両膝を床についたセオドアに腰を浚《さら》われ、浴槽に腰かけていたアレクシアの尻が前へずり寄せられる。すると秘めるべき脚の付け根が彼の眼の前に晒されることになった。

立ちあがろうにも、重心が後ろにかかり、更には前にセオドアが陣取っているので叶わない。下手に動けばもっと後方に倒れ、壁に頭を打ちつけそうだった。

「嫌、放して……！」

「今僕が手を放せば、アレクシア様はひっくり返りますよ」

腹に湿った吐息を感じ、それでも良いとすら思う。

自分は無防備な姿にされているのに、彼はバスローブを羽織っている。その上、肌の表面を拭われていても、情事の痕跡を残したアレクシアと、身を清めたばかりのセオドアとの対比が生々しかった。

とにかく恥ずかしい。

心拍数が上がり、ぎゅっと体内に力が籠る。その拍子に蜜口からまた白い液体が漏れ、アレクシアはますます冷静ではいられなくなった。

「あ……っ、み、見ないで……っ」

「ああ、こんなに溢れさせて……いやらしい」

ニヤリと口角を上げた彼の頬が微かに上気している。欲望が揺らめく視線を向けられて、アレクシアの体温が急上昇した。

「最低……っ」

「褒めていただき、ありがとうございます」

嚙み合わない会話は、分かり合えない関係と重なった。どこまでいっても平行線。交わるときは永遠にない。

アレクシアがセオドアを睨み、手を突っぱねて拒絶を示せば示すほど、彼に本当の気持ちは伝わらなくなる。知られては困るのだから、当然だ。全てを糊塗《こと》するために更なる嘘を塗《まぶ》さなければならなかった。

「――貴方が憎いわ……」

「もっと僕を憎んでください……」

囁かれた声音は甘く耳に蕩け、さながら愛を乞われている錯覚を覚えた。

至近距離で見つめ合い、互いだけを視界に宿す。呼気が混ざり合う近さに肌が騒めいた。セオドアが身に着けているバスローブがアレクシアの太腿を擽り、淡い掻痒感が悦楽の種になる。

瞬くことなく吸い寄せられて、深く唇が重なった。

「……ん、ぅ……っ」

あと少し重心が背後に傾げば、後ろに倒れて頭を打つかもしれない。それを理由にして、アレクシアは上体を少しずつ前へ起こした。やがていつしか、彼にもたれかかる体勢になる。

傍から見れば、こちらから身を任せているように思われるかもしれない。だがもう、アレクシアにはセオドアから距離を取るために再び身体を反らせることができなかった。

腰をしっかり抱えられ、動けない。蒸気で湿った浴室では足が滑り、姿勢を維持するのは難しい。諸々の要因が、アレクシアが立ち上がって逃げ出すことを阻害した。

——いいえ、違う……それだけじゃない——

もしも全てが不本意なら、何故自分は今セオドアの背中に両腕を回しているのか。それだけならまだしも、どうして口づけに応えてしまっているのだろう。

口内で奥に引っ込んでいたアレクシアの舌は、今や完全に誘い出されている。あまつさえ自分から積極的に絡ませていないと、胸を張って主張できる自信はなかった。

擦り合わせた表面から、喜悦が生まれる。もどかしい快感が広がってゆく。指先まで熱を帯び、散々覚えさせられた快楽の味がアレクシアの体内に火を灯した。

「……アレクシア様、どれくらい僕が恨めしいですか？　殺したいと思いますか？」

柔らかく唇を食みながら、合間に囁かれるのは棘だらけの台詞だ。内容は毒そのもの。耽っている行為との落差に、クラクラする。

セオドアはおそらく、アレクシアの口から悪意を引き出したいのだと思う。そうしてより絶望を味わわせ、痛めつけ貶《おと》めて、ゴードン家に仕えていた己の過去を否定したいのではないだろうか。

彼の両親が罪を犯さず、悲劇が起きなければ、あの当時は間違いなく穏やかで幸せだった。過去が煌めいていると、その分今との落差が明瞭になる。だったら、あの時代こそがくだらないものだったと切り捨てるつもりであっても、不思議はない。

しかしそれは、拘っている事実の裏返しだ。

――忘れられないからこそ、囚われる――

憎しみの連鎖で、雁字搦《がんじがら》めに縛り付けられる。解けない鎖はどんどん強度を増してゆく。やがて二人が同化するまで。

「……ぁ、あ……っ」

アレクシアの硬くなった胸の頂がバスローブに擦れ、むず痒い快感を呼んだ。

太腿を撫で上げながら、セオドアの手がアレクシアの秘めるべき場所を目指して這いあがってくる。

産毛を掠める繊細な触れ方が、より官能を刺激した。

「貴女が僕を手にかけるとしたら、どんな方法を選びますか？　絞殺？　毒殺？　それとも――刺殺でしょうか。一番、人の命を奪う実感を得られますからね」

含み笑いで告げられた三番目の方法は、勿論アレクシアの両親のことを思い出させるためだろう。

残酷なやり方で精神を削ろうとする彼は、さも楽しげにアレクシアの眼を見つめてきた。

「もっとも、どれも成功するとは思えません。貴女の細腕と腕力では絞殺も刺殺も難しい。僕の身体は毒に慣れていますし、大概のものは効きません。ですから現実的ではありませんね。――ああ、人を雇えばどうにかなるかな？」

「私は……貴方とは違う……っ」

仮にアレクシアがセオドアと同じ境遇に置かれても、彼とは別の道を選ぶと思った。

それがたとえ、己の死に繋がるとしても――どちらが正しいか間違っているかなどという話ではなく、自分にはできないだけだ。

もしも手元に凶器があり、眼の前には危害を加えてくる人物がいても――おそらくアレクシアには人の命を奪えない。

こうして戯れに彼から恐ろしい質問を投げかけられても、そもそもセオドアを殺める選択肢など思い浮かばなかった。それどころか、どこか高揚した面持ちで提案してくる彼は自らをアレクシアに殺めさせたがっているように感じられ、唖然とする。

殺してくれ、と言外に懇願《こんがん》されていると思うのは、確実に自分の思い違いだ。そうに決まっている。

けれど澱んだ夜の瞳に見上げられると、馬鹿げた妄想だと一笑に付すことができない。

詰まった息が、喉奥で悲鳴じみた音になった。

「ええ――アレクシア様は僕と違う。だからこそ……穢して同じ場所まで引き摺り堕としたくなる」

不穏な台詞を紡ぎつつ、セオドアの腕はアレクシアに縋り付いてくるようでもあった。

殺してみろと煽っているのではなく、救済を求める表情と切実さが、彼の言動からは伝わってくる。どうしてか、アレクシアには変わってしまったはずのセオドアが、かつての少年と重なって見えた。

「――そ、そんなことは……お断りよ。冗談じゃないわ」

つっかえながらも強気な返事を絞り出したのは、あと少しで彼の頭を抱き寄せてしまいそうになったからだ。

危うく『一緒に堕ちよう』と受け入れそうになった。そんなことをセオドアが望むはずはないのに。摘み取らなければならない恋情に翻弄され、過去の記憶に惑わされている。

それもこれもきっと、自分が弱いから。あの素晴らしかったときを取り戻せるのではないかと、虚しい期待を捨てきれないせいだった。

「……ふ、ははは、アレクシア様ならそうおっしゃると思いましたよ。貴女はいつだって公平で、清廉《せいれん》な方ですから」

アレクシアの髪の一房を指に搦めた彼が、眼を閉じて毛先にキスをしてきた。奇妙に優雅なその動作から、視線が逸らせない。

セオドアがゆっくりと瞼を押し上げるまで、アレクシアは息を詰めて彼を見守ることしかできなかった。

「僕だけが貴女たち家族のせいで、どんどん汚れていく」

「……っ」

こちらをまっすぐ射抜く眼差しに、瞬間全身が竦んだ。呼吸も瞬きもできやしない。

アレクシアはセオドアに立ちあがらせられ、浴槽の中で壁に背中を預けるよう促されても、抵抗の言葉は発せなかった。

ひんやりとした壁の冷たさが、妙に現実味を運んでくる。最先端の技術を取り入れた彼の屋敷は、蛇口をひねればお湯が出る仕組みになっていた。

それはよく分かっていたのだが。

「ひゃぁ……っ」

突然頭上から湯が降り注ぎ、驚愕の声を上げてしまう。アレクシアの立つ場所の真上に設置された注ぎ口から、勢いよく湯が噴き出してきた。

　セオドアが蛇口を開いたのだと気づいても、流れ落ちる湯の下から出られない。彼もアレクシアと共にびしょ濡れになっており、退路を断たれていたせいだ。

「ちょ……っ、セオドア……！」

「洗って差し上げるだけですよ。この方が手っ取り早いでしょう？」

「ぁ……っ」

　アレクシアが湯を吸い込んで噎《む》せ返ると、ようやく彼は蛇口をひねり、湯を止めてくれた。けれど素早く石鹸《せっけん》を泡立て、両手でアレクシアの身体に塗り込んでくる。それもとても淫蕩《いんとう》な手つきで。

「や……、何するのっ」

「何度も同じことを聞かないでください。洗うと申し上げましたよね」

「んぅ……っ」

　到底『洗う』とは言えない触れ方で、セオドアの両手がアレクシアの全身を這いまわった。乳房から腹、背中を通って尻と太腿も。

　勿論手足も入念に擦られ揉まれ、次第に息が上がってくる。終いには必死に閉じていた脚の付け根へ掌が入り込み、アレクシアは大仰に肩を跳ね上げた。

「ここを一番念入りに洗いたいでしょう？　ほら、股を開いてください」

「やめてったら……っ」

狭い浴槽の中、大人二人が立てば身動きできる余地はほとんどない。しかも足場は湯と泡でひどく滑る。これでは暴れるわけにもいかず、アレクシアは太腿の間にねじ込まれた男の手を拒み切れなかった。

「あ、ぅ……っ、ゃあ……っ」

セオドアの長い指が花弁を掻き分ける。

抱かれてから時間が経っていたはずなのに、淫らに触れられているうちに蜜窟はまた潤い始めていたらしい。

何の抵抗もなくアレクシアの隘路は彼の指を呑み込んだ。

「やぁあ……っ、動かしたら……っ」

「どんどん溢れてきますね。僕が中に放ったものですから、責任をもって掻き出させていただきます――ですが、どうやらそれだけではないようですが」

アレクシアの陰唇から太腿を伝い落ちる液体は、白濁だけではなくなっていた。

自らの身体が快楽を得ているのを知らしめるように、透明の滴が滴り落ちる。その様を

セオドアにも見られているのだと思うと、羞恥と喜悦が膨らんだ。

「んゃっ、ぐちゃぐちゃしない、で……っ」

わざと音を立て二本の指で淫道を掻き回されると、余計に溢れる蜜が多くなる。濡れ襞を弄る彼の指先は、的確にアレクシアを追い詰めた。強制的に快感が引きずり出され、危うく立っていられなくなるほど膝がガクガクと戦慄く。

慎ましさを忘れた花芯を捏ねられ、乳房の頂に軽く歯を立てられれば、もはや何のために浴室へ連れこまれたのかも分からなくなった。

「ひァ……っ」

涙が溢れる。全身が火照る。いつもよりも大きく響く自分の喘ぎ声が、一層アレクシアをおかしくさせた。

「もう、や……ぁ、あああッ」

たちまち絶頂に押し上げられて、立ったまま達してしまった。寝室以外で淫らな行為に及んだのは初めてで、感じてしまった己自身に愕然とした。

いつからこんなにもいやらしい身体になってしまったのだろう。それもセオドアの言葉を借りるなら、『身体を洗われた』だけだ。けれど信じられないほど全身が過敏になっていた。

「……おかしいですね。念入りに内側を洗って差し上げたのに、余計ぬるついてしまいました。どうやら指では届かない奥が汚れているみたいです」

「……ぁ、ち、違……」

片脚を抱え上げられ、アレクシアは完全に背中を壁へ預けた。もう自力で立っていることは難しい。

頭がぼうっとして、全身の反応が鈍い。

未だ悦楽が引かずろくな抵抗もできないうちに、グズグズに綻んだ花弁へ彼の楔が押し当てられた。

「ま、待って。もう、さっき散々……っ」

「貴女のせいですよ。そんな眼と痴態で誘われたら、誰だって気が昂《たかぶ》ります」

「私が何をしたと……」

「無自覚なのは、質《たち》が悪いですね」

バスローブの前をはだけたセオドアが腰を押し進める。逃れようとしても背後は壁。左右へ移動できる場所もない。そもそも彼が許してはくれないだろう。

「だ、駄目……っ、待って……！」

「僕は犬ではないので、マテを聞いて差し上げるつもりは毛頭ありません」

「……ア、あぁッ……」

何もできない間に、腹につきそうなほど反り返った屹立が、アレクシアの中をいっぱいに埋めた。

「……か、は……っ」

体位のせいなのか、今日は一際大きく感じた。蜜路を限界まで引き伸ばされ、入り口が少し苦しい。それでも覚えてしまった形を歓迎するかの如く、アレクシアの内側がセオドアの剛直を咀嚼した。

「……は、ぁ……っ」

凄絶な色香を滴らせ、麗しい容姿の男が頬を染めた。この変化は、作り物でも嘘でもない。

本当にアレクシアの身体で快楽を得てくれているのだと思うと、愚かにも胸が疼いた。その気持ちが浅ましく肉体に作用したのか、自分でも淫路が収縮したのが分かる。やわやわと蠢いて、彼の肉槍を舐めしゃぶる。淫蕩な本性を曝け出すように、セオドア自身に絡みついた。

「……くっ、いつからこんな媚《こび》を覚えたんですか？」

「やだ……っ、違うの……これは……ッ」

否定を口にしながらも、きゅうっと内部が収斂する。彼の形がまざまざと伝わり、余計にアレクシアの奥底から愉悦が込み上げた。

「ふ、言動はどんどん頑なになるのに、こちらは正反対ですね」

「あぅっ」

深々と串刺しにされたまま腰を揺らされ、密着した先端がアレクシアの弱い部分を擂り上げた。

不安定な体勢がいつもとは違い、快楽を逃すこともできない。抱えられた片脚を更に上へ持ち上げられて、抉られる角度がまた変わった。

「ああ、ここも気持ちがいいですか？　これまで気がつかず、申し訳ありませんでした」

「や……ぁ、あ……ッ」

緩やかに腰を振り出したセオドアが、強弱をつけながらあちこちを突き上げた。これまでにない動きをされて、全身に汗が浮く。ただでさえ泡だらけの肌はより滑り、アレクシアは彼の身体に縋りつくより他になかった。

「しっかり摑まっていてください」

「ひ……ぅ、アッ」

懸命に踏ん張っていたもう片方の脚も抱えられ、身体が浮遊感に慄く。今アレクシアを支えてくれているのはセオドアの腕。それから内側に突き入れられた彼の楔だけだった。

「ゃあああ……深ぃ……ッ、アッ、あ、駄目……っ」

眼前に星が散り、自重のせいで信じられない奥深くまでセオドアが到達していた。腹が破れるのではないか不安になりアレクシアが髪を振り乱しても、持ち上げられているせいでどうすることもできやしない。

結局はそのまま、彼に揺さ振られる以外なかった。

全ての圧が容赦なく一点にかかり、内臓が押し上げられて、子宮が潰されそうになる。だが苦痛を感じてもおかしくないほどなのに、どうしようもなく気持ちがいい。

獣じみた嬌声をあげ、アレクシアは何度も弾んだ。

「ふぁッ、ぁ、あアッ、あぅっ」

突き上げられ、重力に従って落ちれば容赦なく最奥を穿たれた。もう意味のある言葉は一つも出てこない。頭は霞んで苦痛と紙一重の快楽で埋め尽くされた。

浴室に淫靡な水音が響き、熱が籠る。

アレクシアが意識を完全に飛ばすまで、扉が開かれることはなかった。

4　罪人の独白

悪夢とも懐かしい思い出とも言えない夢を、アレクシアは毎晩見る。

過去の出来事は甘い優しさで満ちていた。だから眠っている間は、幸せに浸れていると言えなくもない。

だがしかし、目覚めた瞬間に切なさと痛みが倍増する。両者の落差がありすぎて、より奈落の底へ突き落とされる心地になるからだ。

夢を見ること自体は嫌ではない。だが同時に、辛く苦しいことでもあった。

「――本日のお衣装は、こちらでよろしいですか？」

アレクシアの世話してくれる女性――ドリーが控えめに問いかけてきた。近頃は寝衣だけでなく、昼間のドレスも準備されるようになっている。

顔を洗ったアレクシアは水気を拭いながら、「ええ」と極力にこやかに返した。勿論、彼女のセンスの良さを褒め、用意してくれたことに対する礼も忘れない。

初めの頃はこちらとの会話を避けていたドリーだが、最近は必要最低限の口を利いてくれるようになった。何か質問すれば、答えてくれることもある。

相変わらず不愛想で陰気なのは変わらないけれど、無視されるよりはだいぶマシだ。

どうやらドリーはアレクシアを疎んでいるのでも、嫌々仕事をしているのでもなく、単純に寡黙《かもく》で人と対話することが苦手な性格らしい。

その分、仕事ぶりは生真面目《きまじめ》で丁寧だった。美的センスも確かだ。

アレクシアはそのことに気づいて以来、根気強く彼女に話しかけ、交流を持とうと努力してみた。結果、こうしてたどたどしくても以前よりは上手くいっていると思う。

「とても素敵。ドリーが選んでくれるものは、いつだって私の気分にピッタリだわ。髪を纏めるのも、お願いしていい？」

「勿論です、アレクシア様」

セオドアの屋敷に囚われて以降もその前も、アレクシアは髪を結う習慣がほとんどなかった。人前に出る予定がなければ、時間をかけて大袈裟な髪型にする必要はない。精々一本に縛ったり、三つ編みにしたりする程度だった。

それに手伝ってくれる人も見る相手もいなければ、自分に対する手入れも雑になるというもの。

しかしここではドリーがいる。彼女は手先が器用で、凝った編み込みでも難なくこなせる優秀さだ。

時間が有り余っていることとドリーと少しでも親しくなりたいという思いから、アレクシアはいつしか彼女に髪型を整えてもらうことが日課になっていた。

着替えを終え鏡の前に座れば、早速ドリーが腕をふるってくれる。彼女はこういう細かい作業が大好きらしい。

仏頂面《ぶっちょうづら》ではあるが、どこか楽しそうに真剣な様子でアレクシアの髪を纏めてくれた。

「如何でしょう、アレクシア様」

「とっても素晴らしいわ。今日もありがとう」

「お礼なんて……私におっしゃる必要はありません。アレクシア様は旦那様の大切なお客様です」

もごもごと小さな声で言いつつも満更ではないのか、ドリーの唇が僅かに綻んだ。

この屋敷で他の使用人と顔を合わせたことがないから分からないが、少なくともセオドアに対する彼女の忠誠心は強いようだ。

言葉や態度の端々に、尊敬の念を抱いていることが伝わってくる。

ゴードン家で働いていた使用人たちは、陰でさぼり主への愚痴をこぼしていることも多かったので、アレクシアにとってはどこか新鮮だった。

――実家で私は蔑ろにされていたし、私に聞こえるように悪口を言われるのも珍しくなかったから、あれが普通だと思っていたけれど、違うのね……。

だがそれなら、別の疑問が生まれてくる。

「……セオドアは、その……危険なお仕事をしているのよね？　怖くはないの？」

屈強な男ならいざ知らず、ドリーはごく普通の若い女性だ。闇の社会に馴染んでいるとも思えない。だとしたら、いったいどんな経緯でこの屋敷に勤務することになったのか。

言葉を選ばずに言えば、『場違い』な気がしたのだ。

万が一彼女がセオドアの本業を知らないことも考慮して、アレクシアは曖昧に尋ねた。

「……そうですね……怖くないと言えば嘘です。ですが私は、旦那様以外にお仕えするつもりはありません。それに旦那様は気安くはありませんが、理不尽なことはなさいませんもの」

いつも俯き加減に小声でしゃべるドリーには珍しく、彼女はきっぱりと口にした。鏡越しに眼が合えば、慌てたように逸らされてしまったが。

「そう……では私にだけあの人は横暴に振る舞うのかしら」

彼の支配者としての顔しか、アレクシアは再会後に向けられていない。だからなのか、ドリーの語る『主人像』と己の知るセオドアとが、上手く重ならなかった。

「……僭越《せんえつ》ながら、旦那様はアレクシア様をとても特別に考えていらっしゃると思いますが……」

部屋の掃除や着替えを手伝ってくれる彼女には、アレクシアとセオドアの関係はとっくにバレているに違いない。二人が『友人』でも『親族』でもないことはごまかしてすらおらず、そんな男女が一つの部屋で過ごす意味は――

どう答えるべきか悩んだアレクシアは、瞳を伏せて別の話題を探した。

「……ドリーはいつからここに勤めているの？」

「三年前からです。私は孤児で……人身売買のオークションにかけられそうになっていました。そこに旦那様がやってきて、解放されたのです。詳しいことは分かりませんが、オークションの主催者が旦那様と敵対関係にあり、抗争の末相手の組織を壊滅させたそうです」

「人身売買……っ？」

聞いたことはあっても、実際に被害に遭った者が眼の前にいる衝撃は大きかった。

正直なところ、そんな話は物語の中だけだとアレクシアは思っていた。

いくら不幸だと我が身を嘆《なげ》いていても、やはり自分は恵まれていたのだと突きつけられる。これまで、醜く最悪な現実に触れることなく生きてこられたのだから。

「そんなに辛い過去が……ごめんなさい、不用意に聞いたりして。話したくなければ、言わなくていいわ」

「いいえ、アレクシア様こそ、ご不快にはなりませんか？」

「え、何故？」

おそらく積極的に語りたい話でもないだろうに、聞きだしてしまったのはアレクシアの方だ。それに彼女の性格上、適当にはぐらかしたり作り話をでっちあげたりすることは難しかっただろう。

沈黙する以外できないから、これまでとてもそっけない態度をとるしかなかったのだと今なら理解できた。

「……私は、アレクシア様のような高貴なお方のお世話を、直接できる身分ではありません。学も教養もなく、文字すらろくに読めません。本来なら、身体を売るしかなかった。人買いから助け出され、旦那様に『好きに生きればいい』と言われ、下働きでも何でもいいからこのお屋敷で働かせてほしいと懇願したのです。ですからまさかアレクシア様の身の回りのお世話という重要な仕事を任されるとは思いませんでした……」

　本気で申し訳なさそうに告げる彼女の言葉に、愕然とした。

　アレクシアだって、別に生まれが飛び抜けていいわけではない。単に金持ちの家に生まれただけだ。

　幸運だったかもしれないけれど、その後は『みっともない』怪我を負って両親から疎まれた。高貴でも何でもない。

　ドリーが自身を卑下する理由は一つもなく、戸惑うなと言う方が無理だった。

「何を言っているの。私は貴女に感謝しているわ。その、仲のいい友達になれたら嬉しいくらいに……」

　ドリーとはまだ親しいとは言えない間柄だが、かつてロザリアと付き合わなければならなかったときよりも、ずっと気楽で楽しかった。

　同年代の女性で趣味が合うし、叶うことならもっと親しくなりたい。

　この部屋以外居場所がないアレクシアにとって、現在関わりがあるのはセオドアとドリーのみ。そのうち、憎しみの絡まない彼女は、とても貴重な存在だった。

「アレクシア様……そんな、友達だなんて畏《おそ》れ多い」

「貴女が嫌なら諦めるけれど、何故駄目なの？」

明らかに尻込みしているドリーを振り返り、アレクシアは言い募った。

「私が嫌い？　でもまだ嫌われるほど、お互いを知らないと思うの」

「嫌いだなんて、とんでもない。アレクシア様はいつも私に温かく接してくださいます。そうではなくて……つり合わないのは、私の方だと申し上げたいのです」

「つり合い……？」

心底意味が分からず、アレクシアはオウム返しに繰り返した。そんな様子をもどかしく感じたのか、ドリーが忙しく視線をさまよわせる。

「先ほど申し上げたように、私は孤児の元奴隷です。上流階級や中流階級の方々には、視界に収めるのも厭《いと》わしいでしょう」

「……！」

確かに、そのような考えを持つ者もいる。

平然と『汚い』と口にする輩もアレクシアは眼にしたことがあった。

ロザリアもそう。そして両親や兄も――

「……ドリー、私は貴女の視界に映っている？」

「と、当然ではありませんか」

「良かった。私は自分が透明になってしまったのではないかと思っていた時期があったの。

家族にも使用人にも見えなくなって、この世界に本当に自分がいるのかどうか、分からなくなりそうだった……」

アレクシアがそっと彼女の手を取れば、ドリーは一瞬強張ったものの振り払おうとはしなかった。

戸惑いつつ、黙ってこちらの言葉の続きを待ってくれている気配がする。じっと耳を傾けてくれている彼女に、アレクシアは勇気をもらえた心地がした。

「――私も、誰かにとって『視界に収めるのも厭わしい』存在だったから、貴女の気持ちが少しは分かる。だけど本当はそんな線引きこそ間違っているのよ。生まれた場所や不運で、優劣がつくことはない。私たちは皆、同じ人間でしょう？」

努力してのし上がってゆく者や、受け継いだものを守り通す人は称賛されても不思議ではない。だが引き継いだものに胡坐《あぐら》をかいて食い潰すだけなら、敬意を払う対象にはなり得ないと思った。まして己の力ではなく、他者の尻馬に乗っているだけなら、逆に恥ずべきことだ。

どんな家に、どういう立場で生まれたか――その一点で完全に隔たれる方がおかしい。

アレクシアはドリーに語りながらも、自分の内側にあった靄が晴れてゆく感覚を抱いていた。

――たぶん、私もいつの間にか愚かな考えに囚われていた……

もし怪我を負うことなく、両親から見限られることもなく成長していたら、文句を垂れつつもアレクシアは言われるがまま決められた誰かに嫁いだだろう。

そんな生き方しか提示されず、他は間違っていると繰り返し言い聞かされたために。

けれど今は。

全て失ったからこそ、拓《ひら》けた世界もあった。

足枷《あしかせ》の一つが外れた音を聞いた気がする。幻聴に過ぎなくても、アレクシアは微かに身体が軽くなった心地がした。

「アレクシア様……」

「私は王族でもなければ、貴族でもない。その上今は、何も持たないただの『アレクシア』よ。ドリーと何も違わないでしょう？　だから改めて――私と友人になってくれる？」

自分から友達になってほしいと乞うのは初めてで、やや緊張した。

母に指示され、気の合わない相手と嫌々一緒に過ごすのとは違う。損得など考えず、純粋な気持ちで手を伸ばした。

――仮定の話をしても仕方ないけれど……もしも十年前セオドアに同じように伝えら

れていたなら……何か変わったのかしら……？

貴方は使用人の息子というだけではなく、アレクシアにとってかけがえのない大事な人なのだと。成就することはなくても、好きだと告げられていたら――

ドリーはしばらく迷うそぶりを見せ、その後おずおずとアレクシアの震える手を握り返してくれた。

「……私でよろしければ、喜んで」

「ありがとう……！　とても嬉しいわ」

勇気を出してみてよかった。

アレクシアが心から微笑めば、彼女がぎこちない笑顔を浮かべてくれた。

人生初の友人。嬉しくてたまらない。それも自ら作ったというのが、アレクシアにはこの上ない喜びだった。

「これからは何でも気軽に言ってね」

「あ……――あの、では余計なお節介かもしれませんが……早速一つだけ申し上げてもよろしいでしょうか」

「ええ、勿論よ。何でも言って」

ドリーの方から話を振ってくれたことに感激し、アレクシアは大きく頷いた。

だが言いかけたものの、彼女は逡巡しているのか、僅かに言い淀んでいる。

「……言い難いこと？」

「いえ、その……旦那様のことです。あの方は本当にアレクシア様を大切にされていると思います。今までこの屋敷に女性のお客様がいらしたことは、一度もありません。それどころか、男性のご友人も。ここでは仕事を忘れ、私生活を大事にされていらっしゃいます。使用人の数も最低限ですし、私は旦那様がお一人になりたいときにこの屋敷に足を運ぶのだと、これまでは思っていました」

「え……」

「旦那様が所有する邸宅は、他にも沢山あります。立場上、一つの場所に留まるのを避けていらっしゃるようです。ですから以前は、こちらに滞在するのは年に数日でした。今は時間が許す限り、アレクシア様に会いにきていらっしゃいます」

ドリーの言葉をどう解釈すればいいのか、アレクシアには咄嗟に判断できなかった。

彼女一人の心証に過ぎないと、重視しないこともできる。

たまたま偶然、立て続けにここを利用しているだけの可能性も。仮にアレクシアに会うことが目的でも、それは自分を甚振り復讐したいだけだ。他に、理由なんてきっとない。

重々分かっている。

それでも、微かに芽吹いた期待の種が、勝手に育っていってしまう。

もしかしたらと儚い希望が、いくら摘み取っても大きくなった。

「……私たち、そういう関係ではないのよ……」

「私が口出しすることではありませんが、あの、と、友達として助言させてください。お二人には、向き合う時間が必要だと思います。旦那様は、経緯がどうであれ、私をここで働かせてくれる恩人です。本当なら売り払われても文句を言えない身でしたのに、望むなら好きな場所に行っていいとまでおっしゃってくださいました」

話すことが得意ではないドリーには、それだけ言うのも精一杯だったのだろう。彼女は大きく深呼吸すると、深く頭を下げ部屋を出て行った。

残されたのはアレクシア一人。

静まり返った室内で、ある意味いつも通りの一日の始まり。

ただし胸の内には、これまでにない思いが生まれていた。

――あの人が生きている世界には、一切の光が届かないと思っていた……

けれど違う。

成り行きであっても気まぐれに過ぎなくても、セオドアはドリーに真っ当な生き方を与えてくれた。

彼のように最底辺でのたうち回らずに済むよう、仕事と居場所を用意してくれたのだ。

そんな人が、昔の面影を全て捨て去り、変わり果ててしまったと言えるだろうか？

——まだ……そこにいるの？　あの頃の優しい貴方が……残っているの？

期待をすれば裏切られる。万が一セオドアに純粋で誠実だった部分があったとしても、それはアレクシアを憎み償わせたいと思うことに矛盾しない。

両立するのだから、自分が許されたことにはなり得なかった。それでも封じ込めてきた初恋が疼いて切なくなる。

かつて恋した人を忘れられないのだと、痛いほど胸に迫った。

いつもアレクシアを気にかけ、宝物のように扱ってくれた人。

兄よりもずっと頼りになり、心の中を占めていた人。今、彼に会いたくてたまらない。

いつかのように抱き留めてほしかった。

「……馬鹿ね、できるわけがないのに……」

過去の幻影に引き摺られて、セオドアの憎悪の対象になろうと決めた心が揺らぐ。夢見る権利は、自分にはないにも拘らず。弱い自分に辟易《へきえき》し、アレクシアは滲む涙を瞬きで散らした。

「……セオドアが昔のままなら尚更……私は償わなければならない……」

彼が変わっていないのなら、傷が癒えていない証拠だ。今もきっと、仲が良かった両親を喪《うしな》った痛みを引き摺っているに決まっていた。

自分が何を考え、どんな状況にあっても、無情にも時間は流れてゆく。だが変化できないものもある。

一人きりの夜を何日も重ね、考えるのはセオドアのことばかり。もともと少なかった『家族を思い出す時間』は最近ますます減っていた。

考えてみればアレクシアにとって、この十年間は空白も同然。故に彼が傍にいてくれた十二年弱の方が、よほど濃密で鮮やかなものだった。

懐かしく過る記憶のあらゆるところにセオドアがいる。そんな彼のことを忘れることなどできるわけもない。

額と脚の傷が疼く。明日は雨になるのかもしれないな、とアレクシアはぼんやり思った。

その日、彼が屋敷に立ち寄ったのは、半月ぶりだった。ここ最近では、かなり間が空《あ》いたと言える。

僅かに削げた頬は顔色が悪く、そうとう疲れていることが窺えた。

しかも今日は滞在せず数時間でまた出て行くと言われ、アレクシアは大いに驚いた。

時刻は昼食後。

ドリーは室内におらず、アレクシアは一人きりで読む気のない本を無為に捲っていた。

「え……そんなに忙しいなら、別の場所で身体を休めればいいのに……」

他にも屋敷があるならば、移動に時間をかけず近い場所で休養を取った方がいいのではないか。明らかに疲労感を滲ませた彼を前にして、アレクシアはセオドアの体調が心配になった。

しかし彼の顔が僅かに歪む。

「僕の顔をそんなに見たくありませんでしたか？　ご安心を。今日は貴女で遊ぶ時間もありません」

そういう意味で言ったのではなかったが、彼にしてみれば『多忙ならわざわざ監視に来るな』とでも聞こえたのかもしれない。

何を言ってもセオドアの癇《かん》に障ってしまう気がして、アレクシアは口を噤んだ。

「所用があって立ち寄っただけです。――――時間が惜しい。さっさと始めろ」

突然ぞんざいになった口調は、彼の後方に控える初老の男に向けられたものだった。白髪頭の男は一礼すると、椅子に腰かけたアレクシアの前に恭《うやうや》しく跪《ひざまず》く。その様子を、セオドアが厳しい眼で見下ろしていた。

　空気がひりついている。ミスは許さないと無言の圧力が加わった。

　アレクシアに対するときとはまるで違うセオドアの態度に、驚きを隠せない。そもそも彼がドリー以外の人間を連れてくることは、これが初めてだった。

「あ、あの」

「失礼いたします。診察させていただきます」

「え？」

　膝立ちになった男性がアレクシアの前髪を横に流し、右眉の上からこめかみに向けて走る傷痕を検分した。色々な角度から確かめられ、皮膚の感触を調べられる。

更に「痛みはあるか」「触られた感覚はどの程度分かるか」「顔の筋肉を動かすのに支障はあるか」など矢継ぎ早に質問された。どうやらこの男性は医者らしい。

「あ、え、こ、これはいったい何？」

「かなり昔に負われた傷ですね。では大変申し訳ありませんが、おみ足も見せていただけますか？」

　いくら老齢の医師が相手でも、初対面の男性に脚を見せるのは躊躇いがある。アレクシアが何となくセオドアに視線をやると、彼は腕を組んで軽く頷いた。

「この男は国一番の腕を持つ医師です。愛妻家で孫もたくさんいますから、ご安心を」

「そ、そう」

アレクシアは具体的な理由があってセオドアを見たわけではなかったが、彼にそう言われてどこかホッとしている自分がいる。

そのせいか、今度は素直にドレスの裾を持ち上げられた。

右膝よりも少し上、そこから歪に伸びる赤い引き攣れ。顔よりも深く傷つけてしまったので、抉れたようになっている部分もあった。

「ふむ……なるほど……」

「どうだ、治せそうか」

――セオドアは私の治療をさせるために、このお医者様を呼んだの？

たかが玩具のために国一番の医師を呼びつけるとは、尋常ではない。唖然とし、アレクシアは立ち上がった男とセオドアの間で視線を往復させた。

彼の意図が分からない。ただ醜い傷のある女に嫌気が差したのか。だとしても、手間と金を掛けすぎだと思った。

「額の傷は、ほとんど見えない程度に薄くできると思います。ですが、おみ足の方は完璧に痕を消すのは難しいでしょう。やはり時間が経ちすぎていますね」

「――――そう、か」

セオドアの声音に落胆の色があったのは、聞き間違いだろうか。それも、どこか辛そうにも感じられた。

「あの……私はこのままでも……」

「黙っていてください。アレクシア様の意見は聞いていていません」

冷ややかに言い捨てられては、これ以上口を挟むことなどできなかった。気圧されたアレクシアが黙り込むと、改めてセオドアが医師の男に向き直る。

「期間はどれくらいかかる」

「最低数か月。長ければ年単位を覚悟してください」

治療が長期間に及べば、それだけ金がかかる。まして完治しないなら、意義が乏《とぼ》しい。

アレクシアの両親もそう考えたからこそ、医者に診せることを打ち切ったはずだ。

ならば赤の他人で、更には憎しみを抱く相手に頼る謂れはなかった。

「セオドア、私は傷痕を消すことを望んでいないわ！」

アレクシアが声を張り上げると、医師の男が困ったようにセオドアを見た。男にとって依頼主はセオドアなので、当然の反応だと言える。

だがお伺いを立てられたセオドアは、医師へ視線をやることなくアレクシアだけを視界に収めていた。

「……何故ですか？」

「だって……そんなことをしてもらう理由はないし、無駄だもの……」

「無駄かどうかは僕が決めます。自分の所有物に、傷があるのは我慢ならない」

強い口調で言われ、二の句が継げなくなる。

どこまでもモノ扱いされた悲しさと、気にかけられているのではという期待が綯《な》い交《ま》ぜになったせいだ。

「――期間と費用はいくらかかってもかまわない。だが、万全を尽くせ」

「はい、仰せの通りにいたします。ですが……先刻申し上げたように、完治は不可能です。もしも怪我を負った直後でしたら何とかなったかもしれませんが、如何せん年月が経ち過ぎましたね……」

溜め息を吐く男に、セオドアの表情が陰《かげ》った。

「ほんの数年前の怪我であっても、難しいか」

「え？　いいえ。傷痕の状態から見て、十年前後経っていると思いますよ」

「……何だと？」

二人の男の会話に、ギクリとアレクシアの背中が強張った。

セオドアがアレクシアの傷を負った時期をほんの数年前と考えたのは、嫁いだ後にアレクシアが傷を負い、実家に戻されたと思っているからだろう。

けれど真実は十年以上前。その頃のアレクシアはまだ、たった十一歳だった。いくら早い婚姻であっても、あまりにも幼い。

話の違和感にセオドアは気がついたのだろう。

彼は眉間に皺を寄せ、アレクシアを凝視してきた。

「……どういうことですか。もしや貴女の傷痕を先方に伝えず強引に嫁がせ、それで破談になったのですか？　……だとしても、十年前だとしたら、僕が追い出されてから間もなく……？」

アレクシアはどうにか言い訳を模索したものの、焦るあまり巧妙な作り話は思いつかなかった。

自分はセオドアを騙し通せるほど口が上手くない。それくらいならいっそ沈黙を押し通した方がいい。

だが俯いていれば見逃してくれるような彼ではなかった。

「答えて。この怪我を負ったのはいつで、何故ですか？」

おそらくセオドアが今まで傷の件にあまり触れてこなかったのは、アレクシアの結婚に関し鵜呑《うの》みにしていたからだ。婚姻期間の話に興味はなかったのだろうと思い、余計に言葉が出てこなくなった。

「黙っていては、分かりませんよ」

苛烈な眼差しに貫かれる。

下手なごまかしなど通用しない。昏い瞳に射すくめられ、アレクシアは喘ぐように息を継いだ。

「……貴方に、教える義務はない……」

「では命令です。言いなさい。今の貴女は、僕に逆らえる立場ではありませんよ」

甘く囁く命令に喉が干上がった。ひゅっと悲鳴にもならない音が鳴る。

いつの間にか彼は眼前までやってきて、アレクシアの身体を挟むように背もたれに両手をついた。

「それとも……今ここで、自分が誰のものか思い知らされたいですか？」

言外に医師の男がいる前で淫らな真似をすると宣言され、愕然とした。質《たち》の悪い冗談だと思いたいが、手の甲でアレクシアの頬を撫でてくるセオドアの双眸は少しも笑っていない。

あまつさえ彼の瞳の奥に淫らな色を見つけてしまい、アレクシアは瞠目した。

「や……っ」

「僕はこれでも我慢強い方ですが……貴女が言うことをきかないなら、止《や》むを得ませんね。自分のものを躾けるのは、所有者の権利と義務です」

「……っ、じゅ、十年以上前……ッ、セオドアが屋敷を出された日よ……！」

ぐっと身体を寄せてきた彼の圧力に屈し、アレクシアは身を縮めて隠してきた真実を吐き出した。

唐突に思い出すのは、あの日の暴風雨。揺れる木の軋みと水を吸って重くなった服の不快感。

それらが、まざまざと脳裏によみがえった。まるで今まさにその場にいるかのような感覚がし、グラグラと視界がぶれる。あの夜と同じで、息を吸い込むのも一苦労だった。

「……何……ですって……？」

アレクシアの答えは、セオドアにはよほど想定外だったに違いない。彼には珍しく驚愕の表情を浮かべている。左右に振れた視線はしかし、アレクシアから完全に逸らされることはなかった。

「あ、あの日……私は貴方がお父様に追い出されたと知って、両親に泣いて抗議したの。でも叱られた後、部屋に閉じ込められて……だからバルコニーから木を伝って屋敷を抜け出したわ。――……セオドアを追いかけるために」

ついに、言ってしまった。

自分の無力さと愚かさを告白するに等しい『真実』がアレクシアの口からこぼれ落ちる。一度漏れ出てしまえば、その後はもはやなし崩しだった。

「……いくら何でも、貴方には何の罪もない。無一文で嵐の夜に放り出すなんて酷すぎる。せめて、しばらく生活に困らないだけのものを持っていなければ、死ねと言っているのと同じじゃない……わ、私が用意できるものなんてたかが知れているけれど、換金できるものを渡そうと思って、追いかけたのよ」

「……あんな天候の暗闇の中、アレクシア様が僕のために……？」

無謀だと嘲られている心地がして、顔を上げて彼の顔を見る勇気はなかった。

今考えても、浅はかだとしか言えない。だがもし奇跡が起こってアレクシアが過去に戻れたとしても――自分はセオドアを追った気がする。

おそらく、学習能力がないのだ。次はぬかるんだ道で足を滑らせなければいいと判断し、同じ過ちを犯すのかもしれない。

それでも、初恋の人と突然引き裂かれて永遠に会えなくなる痛みには耐えられなかった。

「あんな形で別れるなんて嫌だったの。私にはその程度のことしかできなくても……欠片でも貴方の未来を明るいものにしたかった……」

最低限、『私はセオドアを蔑んでも嫌ってもいない』と知ってほしかった。自己満足に過ぎないが、変わらずずっと、大切に思っている事実を告げたかったのだ。

「……それで、何があって怪我を負ったのですか……」

「セオドアはきっと、二人の秘密の場所で雨宿りしていると思った。あの木の虚に行けば、もう一度会えるんじゃないかって……でも、辿り着く前に途中で足を滑らせたの……」

視界と足元が悪い中、気ばかり急いて注意力が散漫になっていた。ランプもほとんど役には立たず、手探り状態だったのは否めない。

可能な限り崖からは距離を取って歩いていたつもりだったが、気づかぬうちに方向を見誤っていたのだろう。石を踏みよろめいた拍子に、アレクシアの身体は空中へ放り出されていた。

降りしきる雨の中、何もない空間を摑んだ手。稲妻に照らし出された崖。重力に従って落ちる自分自身。激痛と暗転。

その後のことはろくに覚えていない。

療養期間を含め、とても曖昧だ。辛いことが多すぎて、記憶の底に封印したのかもしれなかった。

「……結局、私がしたことは全部無駄だった……セオドアを手助けすることもできず、癒えない傷を負っただけ――」

彼にしてみれば、姿を見せないアレクシアから見捨てられたと失望したはずだ。手を差し伸べることも言葉一つかけることもなく、背を向けたと解釈されても仕方のない状況だった。

今更、全てが変わってしまったあの一夜の言い訳をしても意味はない。真実が明らかになったところで、壊れてしまった関係は元に戻らないのだから。

「……ではアレクシア様が嫁いだという話は……怪我のことを先方に告げていなかったから破談になったのですか……？」

「私は、誰の妻にもなったことはないわ。ゴードン家の屋敷から一歩も出してもらえなかったもの。今でこそ歩行に支障はないけれど、数年間はまともに歩くことが困難だった。その上顔と身体に醜い傷が残った女を、喜んで引き受ける相手はいないでしょう？」

娘を夫になる男に押しつけるため、余計な出費をする親ではない。逆に高く売りつけたいのが本音だ。それが叶わないなら、屋敷の奥深く飼い殺しにした方が彼らにとってはマシだったのだろう。

そういう扱いを受け続けてきたアレクシアの、自身に対する評価は地に落ちていた。

価値がないと言われ、見えない人間としてあしらわれ、自尊心は粉々に砕けた。ここにいるのは、何もかも諦めることで自我を保ってきた、か弱い女でしかなかった。

沈黙が落ちる。

衣擦れの音さえも聞こえない。

室内にいる全員が身じろぎもせず、時間が停滞した。

最初に動いたのは、アレクシアの座る椅子の背もたれを握り潰す勢いで摑んだセオドアだった。

「……何故、それを早く言わなかったのですか……っ」

怒気《どき》とも違う苛立ちが、彼の声に滲んでいる。少なくともこちらに向けられた怒りではないように感じられ、アレクシアはおずおずと視線を上げた。

「言っても、何も変わらないでしょう……それに昔の貴方だったら、きっと責任を感じてしまう……そんな必要もないのに……」

セオドアは変わってしまったと思いながら、それでもアレクシアは微かに残る過去の欠片を搔き集め、どこかに以前と同じままの彼がいるのではないかと期待が捨てられなかった。

伝えられなかったのは、おそらくそれが一番の理由だ。

自分でも馬鹿げていると思う。

妄執《もうしゅう》に等しい希望を後生大事に抱き続けている。

呆れるほどの愚かさに、アレクシアは口角を上げた。その刹那、堪えきれなかった涙が一滴、頬を伝い落ちる。

「あ……っ」

今泣くのは、本意ではない。卑怯《ひきょう》でもある。

アレクシアは慌てて顔を背け、眼尻を拭おうとしたが——

「擦っては駄目です」

そっと手を掴まれ、指先に口づけられた。

「え……」

セオドアはそのままアレクシアの涙を唇で吸い取る。更に迷うことなく眉の上の傷をこめかみまで辿った。

「だ、駄目……っ」

「もう痛みはないと前に言っていましたね。ですが——僕が痛いんです」

視線が絡む。至近距離で搦め取られる。囲い込まれた腕の檻が、閉じ込めるためのものではなく突然アレクシアを守るためのものに変わった気がした。

「僕のせいで――お嬢様に怪我を負わせたなんて……」

「あ、貴方のせいではないわ！　私が……っ」

「では、僕のために？」

愛おしむような手つきで傷痕を撫でられ、アレクシアは一瞬言葉をなくした。

責任を感じてほしいとは思っていないのに、『僕のため』と言われると頷いてしまいたくなる。認めてくれと懇願するのに似た彼の双眸に、酔わされたのかもしれない。

上手く口が回らず声が出ない。

アレクシアはただ首を曖昧に振ることしかできなかった。

「……傷一つ付けずお守りするつもりだったアレクシア様に、消えない刻印を刻んだのが僕だなんて……けれどこれのおかげで、貴女を欲しがる男が現れなかったのは僥倖です」

その言葉の意味を、どう受け取ればいいのか困惑した。

アレクシアの利用価値を貶めてやった快哉《かっさい》にも聞こえるし、悔恨《かいこん》にも捉えられる。だがどんな種類かは不明なものの、根底には『喜び』が横たわっている気がした。

「――診察はひとまずこれで終わりか」

唖然としたまま固まっていたアレクシアから身を起こし、セオドアは背後で困り果てている医師に問いかけた。

老齢の男は、口を挟むことも退出することもできず、身の置き所がなくなっていたらしい。

「は、はい。後日薬を持って参ります」

セオドアの言葉に大きく頷き、素早く荷物を纏めた。

「治療計画もその際に説明します。セオドア様には書面でお渡しした方がよろしいですか？」

「ああ、そうしてくれ」

「かしこまりました。では本日はこれで――」

逃げるように部屋を出て行った医師の後ろ姿を見送り、アレクシアとセオドアだけが室内に残された。

隠し事を暴かれたれた直後のせいか、落ち着かない。

椅子の上で身を固くし、アレクシアは彼が何を言うのかをじっと待つしかなかった。

「――もっと早く知りたかった」

「私は……一生打ち明けるつもりはなかったわ……」

止まったはずの涙が、また込み上げてきそうになる。どうして泣きたくなるのか自分でも分からないのに、涙腺だけが緩むのが厄介だった。

溢れる激情の宥め方が思いつかない。このままでは感情的に振る舞ってしまいそうで、アレクシアは秘かに深呼吸を繰り返した。

「僕に知られたくなかったですか？」

「そうよ……っ、だって私たちの間にあるのは憎悪だけでしょう。余分な感情はいらない」

憐《あわれ》みも、後悔も、懺悔《ざんげ》も決意を鈍らせる要因にしかならない。行き止まりの関係を選んだ瞬間から、アレクシアは必死に己を奮い立たせてきた。

それなのに心を揺さぶる真似はやめてほしい。惑わされるのが自分の弱さだとしても、セオドアに抱く思いが負の感情以外にあると知られたくなかった。

そうでなければ、傍にいられる理由がなくなる。だからもっと彼には疎まれなければならない。

「……貴方は私を殺したいほど恨んでいる。私だって家族を殺されて憎んでいる。しかもセオドアの憎悪は、逆恨みじゃない……っ、元はと言えば貴方の両親が……」

すっと細められた彼の視線の強さに、アレクシアは言い淀んだ。何故か、勢いに任せて触れてはいけない場所を踏みぬいた気がする。それが勘違いだとしても、今の自分の発言はいただけない。いくらセオドアの気持ちを逆なでするためにわざと口にしたとしても、下劣だと言わざるを得なかった。

「……アレクシア様は、僕が屋敷を放逐されたのをいつ知ったのですか？　僕が追い出されたのは、まだ日が落ちきる前でした。もしも直後であれば、雨脚もそこまで酷くはなっていなかったと思います」

唐突に話題を戻されて、困惑しなかったと言えば嘘だ。

大いに戸惑ったものの、先ほどの失言をごまかしたい一心でアレクシアは従順に答えた。

「……私がセオドアのことを耳にしたのは、完全に夜が更けてからよ。しかも部屋に鍵をかけられたから、抜け出せたのは深夜になっていたわ……」

「ああ……だから僕たちはあの日、出会うことはできなかったのですね……」

何故最後に彼と会わせてくれなかったのかと泣く娘に、父は『頭を冷やせ』と怒鳴《どな》った。

罪を犯した夫婦の子どもを、いつまでも屋敷に置いておくわけにはいかないと言って。

十年以上経った今でも、思い出せば胸が痛い。未だかさぶたにもならない傷が、血を流していた。

「お父様もお母様も、貴方の両親にとても腹を立てていたから……セオドアにも情けをかけるなと……」

「……ははっ、自分たちの都合で濡れ衣を着せておいて、随分な言い方ですね」

「え……？」

アレクシアが聞かされたのは、『セオドアの両親が到底庇い切れない大罪を犯した』という話だった。下手をすれば、ゴードン家自体が王族の怒りを買う。そうなれば信頼は勿論、築き上げた財も地位も丸ごと失いかねない。

だからこそ一刻も早く罪人を突き出し、自分たちの潔白を証明しなければならないというものだった。

「濡れ衣って……どういうこと？」

「旦那様たちがどんな作り話をしたのか、眼に浮かびます。おそらく、全部僕の両親が勝手にしでかしたことだとでも言ったのでしょう。ご自分たちは完全に騙された被害者だとね――」

「そ、そうよ。本当ならセオドアも捕まる可能性があったから、追い出したのはせめてもの温情だって母も言って……」

何某《なにがし》かの情けをかけるつもりなら、手ぶらで子どもを追い出す方がおかしい。あのときもアレクシアはそう思った。今だって、口にした端から違和感でいっぱいになる。

何かが、奇妙だ。

いくらセオドアの両親が犯罪に関わっていたとしても、あそこまで慌てて息子を排除する必要があったのだろうか。

当時はあまりのショックと怪我のせいでアレクシアは深く考えることができず、年月が経ってからも傷に成り果てた記憶から逃げ続けていた。

だがこうして冷静に向き合ってみればおかしいと理解できる。

その日の午前中まではいつも通りの一日だった。アレクシアは家庭教師の授業を受け、窓の外にセオドアの姿を見つけ胸を焦がし、父の仕事も問題なく、母はエバンス夫人に招かれ、兄は友人らと談笑していたはず。

それなのに突然全部が崩れ落ちた。

王家の監査が会社と家の両方に踏み込んできて、証拠と称し様々な書類をひっくり返して持ち去った。

日がすっかり暮れ、セオドアの両親が捕まったと聞かされて、アレクシアは仰天したことを思い出す。

数時間前にセオドアの母親が焼いてくれた菓子を頬張っていたから尚更だ。

あの優しい人たちが悪事に手を染めていたなんて信じられない。自分の前でにこやかに笑ってくれたのは、つい先刻のこと。

何事もなかったふりをして悪意を隠し、接してくるような人たちではないと信じていた気持ちを、裏切られた気分にもなった。

しかしそれらが何もかも謀《はか》られたことだったとしたら――

不正や横領の疑惑を向けられた父の会社の取り調べが始まり、『主犯』が特定されるまでは随分早かった。

内偵を進められていた可能性もあるが、異例の事態と言っても過言ではない。

まるで、最初から筋書きができていたかの如く――

「待って、まさか……」

「そのまさか、ですよ。僕の父と母はアレクシア様のご両親に利用され、処刑台に送られたのです。もっと言うなら、大元の元凶は貴女の兄です。あの男が作った借金や罪を丸ごと押しつけられ、濡れ衣を着せられたのですよ」

驚愕の声は、出なかった。

人は驚きすぎると、何も発せなくなるものらしい。喉の震えが全身に及んでいく。

セオドアがアレクシアを憎むのは仕方がないと思っていた。けれど同時に、自分にも彼を恨む資格はあると心のどこかで考えていた。それ故に、心にもない言動でセオドアを責め、酷い態度も取ってきたのだ。

その前提が根底から覆る。

瞬きもできないアレクシアの眼を、彼が真正面から覗き込んできた。

どこまでも底がない深淵に呑み込まれる。溺れまいと足掻くには、動揺で心が麻痺していた。

「アレクシア様のご両親に、僕の家族は不当に奪われました。貴女のご両親は愚息《ぐそく》を守るために全ての責任を他人に被せ、自分たちは被害者面で逃げ果《おお》せたのですよ。これでも貴女は逆恨みだとおっしゃいますか？」

怒鳴りもせず、穏やかなままの声量がむしろ恐ろしかった。

セオドアの表情は変わらない。頬が紅潮することも目尻が険しさを帯びることもなかった。

冷静なままなのは、それだけ十年という歳月が彼にとって短くはないものだったせいだろう。

長い時間が憎しみを変質させた。だがそれは、黒い感情が消えたという意味にはならない。

あくまでも表面上取り繕う術を手に入れたのみ。傷が塞がったように見せかけて、その下では今も膿《うみ》が溜まっている。

セオドアの強い自制心が仇の娘を前にしても、理性的に振る舞わせているだけだ。

それが分かる程度には――アレクシアは彼を理解していた。

――だから貴方は……そんなに苦しそうなの……?

アレクシアを追い詰めながら、彼自身も致命傷を負っている。そう感じるのは、己の願望でしかないのかもしれない。見たい幻を求めているのみ。

けれど限りなく無表情のセオドアの瞳の奥に、揺らぐ何かを見つけてしまった。

「私……」

「ええ、憎んで嫌っていただいてかまいませんよ。それでも貴女は僕のものです」

うっとりと囁く美声は、濃厚に甘い。

嬉しいと一番に感じてしまった自分は、たぶんもう狂っている。

両親の罪を知らされ、こちらにはセオドアを憎む正統性がないと分かり、復讐の連鎖が途切れたと理解した今、二人を繋ぐ新たな鎖は何なのか。

それを求めている自分に、アレクシアは愕然とした。

「逃げられるなんて、思わないでくださいね」

ゆっくりと彼の顔が近づいてきて、互いに眼を見開いたまま口づけた。挑むのに似た強い眼差しが、アレクシアの内側まで見通そうとしてくる。

咄嗟に瞑目《めいもく》しようとしたものの、漆黒の瞳に搦め取られた。

視界が滲む近さで見つめ合い、いつしか手を重ねキスが深いものへ変わる。

漏れ出る息が掠れるほどの乱暴な口づけ。軽く歯がぶつかったのは、逸る気持ちがあったからかもしれない。

相手を逃がさないように、捕らえて喰らってしまいたい。腕の中に閉じ込めて、同化してしまえたなら。

「……遅くなりましたが、誕生日おめでとうございます、お嬢様。最高の治療をプレゼントとして贈ります。あの医師が異国から戻るのを待っていたら、過ぎてしまいましたが――」

歪な感情が自分のものか、それとも触れ合う男から感染したものか分からないまま、アレクシアは舌を操る官能に瞼を下ろした。

◇◇◇

出て行け、と有無を言わさず命じられたときの絶望を、セオドアは永遠に忘れることができない。

お前の親が大罪を犯し、このままではゴードン家の存亡に関わる。そうなれば箱入り娘のアレクシアは、野垂れ死にするより他にないだろう――セオドアへの脅《おど》し文句として、最後の一言は、的確だった。

自分の両親が横領に加担したとは信じられなかったし、せめて話をさせてほしいと懇願しても聞き入れられることはなく、『今すぐ出て行け』の一点張り。

あまりにもぞんざいに、犬を追い払うような所業。

奇妙だと感じたのは、彼らが焦っているように見えたせいだ。

一刻も早く誰かに罪を着せ、口を封じ、片をつけたいようにしか思えなかった。

自分の父が長年会社の資金を着服し、更には王家へ納めるはずの商品に手をつけたなんて絶対にあり得ない。そんな大それたことをする人ではなかった。

元来父は気が弱く、誠実な正直者である上、身の丈というものを知っていた。

過分な欲を出せば、己だけではなく周囲の人間や、ひいては一番大事な人まで傷つけることになる――それが父の教え。

どんなに心の底から欲する対象があったとしても、傷つけ壊してしまう可能性が少しでもあるなら、相手の幸せを祈り、身を引きなさい。

もしかしたら父は、息子の恋心に気がついていたのかもしれない。幼いながら、一途で大きな想いが誰に向けられているのかを。

そんな聡明で己の分を弁《わきま》えていた父が、恐ろしい大罪に手を染めるのはおかしい。

母までが犯行に加担していたと聞かされ、セオドアの疑惑は確信に変わった。

父よりもしっかり者の母は、何よりも不正を嫌っていた。生活が苦しくても、心まで貧しなってはいけないと常々言っていたくらいだ。

その母が、たかだか金のために良心をかなぐり捨てるはずはなく、この話はどうにも納得がいかなかった。どうかもう一度、詳細な調査をしてほしい。

必死に告げるセオドアに、雇用主である男は辛辣だった。

四の五の言わず出て行かなければ、お前も横領に加わっていたと突き出すぞと、恫喝されたのだ。

冷静に考えれば、子どもが親の勤める会社の事件に関わっているはずがない。男の言うことは支離滅裂だ。それどころか『命があるだけ感謝しろ』とまで吐き捨てられれば、セオドアが不審を抱くのも当然だった。

どうしてこうも無理やりな論理で自分を追い出そうとしているのか。

荷物を整理させてくれと頼んでも断られ、結局セオドアは着の身着のまま、雨の中へ叩き出された。

泥の中に倒れ込み、しばし呆然としたのは未だ自分の身に起こった事態が呑み込めなかったから。

自失していたのはさほど長い時間ではないが、ずぶ濡れの状態でふと窓を見上げた。

その視線の先に。

こちらを見下ろす蒼白になったアレクシアの兄がいて、彼が気まずげに顔を歪めたのを目撃し――全てを察した。

アレクシアと年の離れた兄妹であるあの男は、十代の頃から博打《ばくち》に溺れ、成人した今もあちこちで借金を重ねている。

そう言えば半年ほど前、洒落《しゃれ》にならない大負けをしたとかでかなり荒れている日があった。使用人たちに当たり散らし、セオドアもたまたま眼についただけで、突き飛ばされた。

しかも金を借りた先がよくない輩だったのか、ここ数か月は風体《ふうてい》の悪い男たちが彼に会わせろとひっきりなしに屋敷にやってきていたのだが――この数日、そういった騒ぎがピタリと治まっていたではないか。

ああいったならず者が、目的のものを手に入れずに大人しくなるわけがない。

この場合、目的とは間違いなく金だ。

膨れ上がった利子と元本を返済すれば、金貸しは離れてゆくのが道理。だがそんな大金を、あのだらしない男が用意できるとは思えなかった。

賭け事の負け分は賭け事で取り返すと妄言を吐き、この半年の間も賭博場《とばくじょう》への出入りを辞めず、ますます負債は膨らんでいたはずだ。

だとしたら、答えは一つ。父親に泣きついたのだろう。

——いや、そもそもろくに働きもしないあの男に、派手に遊び惚《ほう》ける金があったとは思えない……つまり——

横領も、王族への献上品の横流しも全ては——

セオドアが自分を凝視していることに気がついたのか、男は慌てふためいて部屋の奥へ引っ込んだ。その後、どれだけ待とうとも、彼が再び顔を覗かせることはなかった。

けれどその狼狽した表情と行動が、何もかも物語っている。

これまでであれば、眼が合うだけで苛立ち、ステッキで殴りつけてくることもあった横暴な男だ。それが何かに怯えるように身を隠した。

まるでなけなしの罪悪感が疼くとでも言うように。

——そういうことか……

敏いセオドアは、確かめるまでもなく腑に落ちた。

両親は罠に嵌められたのだ。愚かな息子を庇うため、アレクシアの父は身代わりを立てたに違いない。適当な人間に罪を着せ、素早く断罪することでこの件をうやむやにしようとしているのだ。

その過程で邪魔になったセオドアを放り出した。

あまりにも安易で杜撰《ずさん》な計画に見えるけれど、おそらくセオドアの父と母を有罪に追い込むための証拠は揃えられているのだろう。

なくても一から捏造すればいい。金の力でどうとでもなる。

結局この世界は力のある者の思い通りにしかならない。無力な子どもに過ぎないセオドアには、訴え出る場所すらなかった。いや、もしも声を上げれば、そのときは本当にこの世から消されかねない。そう気づいた瞬間、全身が脱力した。

雨と風が強くなる。

セオドアが殺されずに追い出されたのは、間違っても温情などではない。

自分の手を汚したくないゴードン家の人間の傲慢さだ。どこかで勝手に野垂れ死ねと言われているのと同義だった。

そのことに怒り悲しむ気力も欠落している。

――アレクシア様に、一目会いたい……。

浮かんだ思いは、それだけ。

両親を案じる気持ちもあるけれど、非道な仕打ちに心が折れたセオドアが思い描いたのは、たった一人の少女のことだった。

こんな悪徳が罷《まか》り通る家で、アレクシアだけは純粋で美しいまま。ここに残していけば、きっと無残に食い荒らされてしまう。

連れて逃げることなど不可能なのに、彼女を助けたいと切に願った。

自分にとって唯一の光であり、宝物。

手に入れたいなんて大それたことは考えていない。それでも、この先も遠くから見守り、傷つかないよう大切にすることは叶うと思い違いをしていた。

誰にもそんな保証はできないにも拘らず、間抜けにも傍にいられると信じていたのだ。

――お嬢様も僕を切り捨てるのですか……？

裏口から叩き出されたセオドアには、ここから彼女の部屋の窓は見えなかった。

ひょっとして愛しい少女が会いに来てくれないだろうかと儚い期待を抱く。追い出される自分を憐れみ、別れを惜しんでくれたなら――ほんの僅か救われる気がした。

しかしいつまで待っても、そんな瞬間は訪れない。屋敷の中は沈黙したまま。もはやセオドアを完全に拒絶していた。

いらないと、告げられている。

泥まみれの自身の姿を見下ろして、セオドアはあまりのみすぼらしさに失笑した。

いったい何を夢見ていたのだろう。愚かにもほどがある。

身の丈を弁《わきま》えていた父でさえ、成す術《すべ》もなく全てを奪われたのに。

ごうごうと風が吹き荒れる。木々が悲鳴じみた軋みを上げた。どこかで枝がぶつかったのか、大きな音が鳴る。

ふらりと立ちあがったセオドアは、考えるよりも先に歩き出した。いつまでもここで蹲《うずくま》っているわけにはいかない。

雨風を少しでもしのげる場所へ行かなければ。

思いつくのはただ一か所。アレクシアと共に見つけた大木の虚。あそこで待っていたらもしかして――――天候が落ち着いた頃に彼女が会いに来てくれるかもしれない。

そんな淡い希望を抱きながら、何も持たない少年は森を目指して移動を始めた。

道中何度も足を滑らせ、危険な目に遭いながらも、無傷で目的の場所まで辿り着けたのは運がいい。思った通り、虚の中は多少雨が吹き込んでくるが、屋外で過ごすよりはずっと安全に夜を越せそうだった。

そうして三日間。

セオドアはその場から動くことなく過ごした。

万が一離れている間に彼女が現れたら、と考えると食べものを探しに行く気にもなれない。飲まず食わずで三日間。次第に限界に近づく身体で、少年は希望が萎れてゆく音を聞いた。

街に向かうのなら、まだ体力が残っている今しかない。これ以上留まれば、本当に命の危機に陥るだろう。

そう頭で分かっていても心が追いつかなかった。

あと一日待てば、アレクシアが顔を見せてくれるのではないか。裏切られても捨てられない思慕が、愚かな夢想を垣間見せる。

ようやく見切りをつけられたのは、五日目の朝。

どんなに待っても彼女はこない。やっと現実が呑み込めた。

よろめく身体を何とか叱咤し、街まで辿り着いたときには自力で立っているのもギリギリで、生きているのは奇跡に等しかったかもしれない。

両親の処刑を知ったのは、数日後。何の弁明も許されないまま、彼らは刑に処されたらしい。博打狂《ばくちぐる》いの愚か者のために、無念の死を遂《と》げた。

――多分父と母は、僕を守るために口を噤んだ……

大方、息子のことは心配するなとアレクシアの父親に言われたのではないか。あの男ならそれくらいはする。さも悲しげに、それ以外に最良の道はないかの如く偽善を張り付けて。

善良な二人はその言葉を信じた。いや、そうするより他に選択肢はなかったのかもしれない。

自分たちが大人しく罪を被れば、息子だけは助けてもらえると信じて——

——父さん、母さん、世の中は貴方たちが考えていたよりずっと醜いよ。どんなに清く正しく生きても、持たざる者は食い物にされるだけだ……

けれどこの時点でもまだ、セオドアはアレクシアへの恋心を枯らすことはできなかった。彼女の父親への恨みはある。怒りも大きくなってゆくばかり。どうしたらあの男に一矢報いることができるだろう。

散々考え、辿り着いた答えは荒唐無稽なものだった。

——だったら、僕が『持つ者』になればいい。

学も財もなく、薄汚れた子どもでしかない自分がのし上がるのは容易なことではない。人並み以上に努力し汗水たらして働いても、普通の幸せを摑めるかどうかだ。

どう考えても、ゴードン家を圧倒するほどの地位を築けるとは思えなかった。

それでもやっと見つけた希望の光に縋ることしかできない。父と母の望んだ『正しさ』を裏切ることなく、あの男へ復讐を果たす方法はこれだけ。

力をつけ正々堂々と立ち向かい、いつかアレクシアと再会したい。

無謀でしかない夢を見出し、セオドアは生きる気力を取り戻した。

その足掛かりとして実入りのいい仕事を探す。キツイものでも危険なものでも選ばず、喜んで引き受けると公言していると、とある男たちが声をかけてきた。

今思えば、あれが地獄への入り口。

金になる仕事があると囁かれ、何の疑いもなくついて行った自分は、男たちから見れば大層美味しい餌に見えたに違いない。

騙されたと気がついたときには、死体が一つ転がっていた。

己の手に握られた、血まみれのナイフ。人を刺した感触は悍ましく最悪だった。

獣の肉を捌《さば》くのとはまるで違う。体温と噴き出す血。生きているからこそ収縮する筋肉。生涯、自分は忘れることができないだろう。

怒りも露に襲い掛かってきた他の男たちに、セオドアが死に物狂いで抵抗するうち、一つまた一つと死体が増えた。

皮肉にも、自分には的確に人の急所を狙える素早さと判断力、知識があったようだ。本当なら、こんな事実を一生知る必要もなかったはず。けれど命の危機に瀕して、いらぬ才能が目を覚ましてしまった。

嫌な臭いが立ち込める血だまりの中、どれだけ呆然と座り込んでいただろう。

おそらく、そう長い時間ではない。頭が空っぽになりつつも、『いつまでもここに留まっていては捕まる』と冷静に判断する自分がいた。

逃げなければと指令を下すもう一人のセオドアは、両親の教えを健気に守って生きようと決意した少年とは、もはや別人。戻ることは叶わない。

二度と日の光の下で胸を張って歩くことはできないのだと——その場を逃げ果《おお》せた後に思い至った。

この手は、血に汚れてしまった。

無実の両親を処刑台に送った憎い男と、いったい何が違うというのか。自ら手を下した分、もっと悪い。

誇りをもってアレクシアに再会できる日をセオドアは夢見ていた。だが悪夢で塗り潰された先には、暗黒しかない。

ぽっかりと開いた深淵に呑み込まれる。這い上がることは永遠に不可能だ。

犯した罪は消えないし、何よりもこんなに穢れた身で彼女の清らかな瞳に映れるわけがなかった。自分を、綺麗だと言ってくれたアレクシア。

あんな非道な家に生まれ育っても清廉な心を育んできた人に、汚い自分が触れられるはずもない。害悪でしかないなら、心に思い描くことすらアレクシアへの冒瀆《ぼうとく》に感じた。

――もう、会えない――

どんなに希《こいねが》っても。求めても。大切にしたいなら、会ってはならない。

生きる意味を見失ったセオドアは自暴自棄になり、生活は瞬く間に荒んだ。

仕事を受けるのは食べるためではなく、いつしか自傷行為に等しくなり、犯罪すら厭《いと》わなかった。善悪を考えることも億劫《おっくう》で、頼まれれば何でもする。

どこかで失敗し、命を落とすならそれでいい。喧嘩に明け暮れ恨みを買って、報復されるのでもかまわなかった。

しかし我が身を顧みず、命を蔑ろにするやり方は、皮肉にもセオドアの潜在能力を飛躍的に伸ばした。

どんどん効率的に敵を叩きのめせるようになり、排除するのにも躊躇を覚えなくなってゆく。心は摩耗し、何も感じなくなった。

そんな頃に出会ったのが、先代の『落華』の頭首だ。

最初にその組織――『落華』が生まれたのは、今から百年以上前のこと。

当時はならず者の集まりで、しがない犯罪集団でしかなかった。

窃盗に暴力、強姦など金を積まれればどんな汚れ仕事でも引き受ける。小悪党の域を出ない輩たちに過ぎなかった。

変わったのは、セオドアを拾った先代が頭首になってから。

その男は金持ちに使い捨てにされて終わるつもりはないと語った。どうせ金で動くのなら、権力を持つ者の傘下に入った方がいい。ゆくゆくは裏の社会を牛耳れるほどに成長し、『使われる側』から『命じる側』へ昇り詰めることが目標だった。

無謀とも言えるそれを、結局は自分の代で成し遂げたのだから、それなりに才覚があったのだろう。

だが彼が一番恵まれていたのは、自身の運でも体格や目端が利く性格でもなかった。

あるとき気まぐれに拾った一人の子ども。

飛び抜けて整った容姿に、きわめて冷静で明晰《めいせき》な頭脳。名は『セオドア』。

身なりは小汚かったものの、大の男数人を相手に躊躇なく立ち向かい、のしてしまえる腕っぷしにも、頭首となっていた男は興味を覚えた。

この子なら、いずれはもっと高みへ『落華』を引き上げられるかもしれない。

ならず者ではなく、闇の世界を掌握する組織に変えられるのでは。

男の中でぞろりと野心が擡げた。

そうして男は、少年へ『一緒に来るか』と手を伸ばし、セオドアはその手を取った。

明るい世界に戻れないなら、更なる暗がりへ。一筋の光も届かない場所に堕ちてしまえば、燻ぶる未練も忘れられる。忘れなければならないと少年は己に言い聞かせ——数年。

アレクシアが遠方に嫁いだとセオドアが耳にしたのは偶然だった。

まだ十六歳になったばかりで遠くへやられるなんて、金持ちのお嬢さんも大変だねという誰かの噂話だったと思う。詳細は覚えていない。

受けた衝撃があまりにも大きくて、前後の会話は忘れてしまった。

何年も彼女に関する情報は遮断していたのに、いとも容易くアレクシアの名前が耳に飛び込んできた辺り、少しも恋情は廃《すた》れていなかったのだろう。

今どこで何をしているのか、聞けばきっと苦しくなる。会いたくて、声を聞きたくなって、自分が暴走しないと断言できる自信はなかった。

距離を置くことでしか、アレクシアを大切にできない我が身が呪わしい。

この頃にはもう、セオドアは数えきれないくらいの人を殺め、奪い、闇の社会ではそれなりに頭角を現していた。

だからいくら財と地位を築いていても、彼女の前に姿を現すことは叶わない。アレクシアが幸せになってくれているならそれでいい——と暗示のように自分に言い聞かせる以外、いったい何ができたのか。

せめて幸福であってくれと祈り、また数年が過ぎた。

組織を大きくし、顧客に貴族らを取り込んだセオドアの手腕は高く評価され、今や並び立つ者はいない。若い頃の無理がたたって身体を壊し、余命幾ばくもなくなった先代の頭首は、次期頭首にセオドアを指名してきた。

もう『落華』に比肩する組織は存在しない。敵対勢力は悉《ことごと》く潰してきたからだ。表の社会にも食い込んで、一見自分は青年実業家としての体裁も整えている。ある意味では成功者。

金も地位も権力も全て手にした。

だがかつて思い描いた希望に満ち溢れた未来の中にはいない。

ここはどこまでいっても漆黒の泥沼。身動きするほどに足を取られて沈んでゆく。いつか力尽きて溺れ死ぬまで。

しかしそれさえセオドアにはどうでもよかった。

自分の命が惜しいとも思わない。たまたま生き残り、不快な邪魔者を排除していたら、こうなっていただけのこと。

眼の前の問題を処理し続けていたら、何も考えずに済んでいたに過ぎなかった。

けれど運命は残酷かつ気まぐれなものであることを、すっかり忘れていた。人を弄ぶ神は、時に信じられない悪縁を結ぶ。

いつものようにセオドアが依頼内容に眼を通していたら、かつての仇の名前を見つけた。あの男は、今も変わらずあくどい商売を続けていたらしい。方々で恨みを買い、ついには家族全員消してくれるならいくらでも払うと、大金を積まれるまでになっていた。

滑稽だ。

他者の命を利用しゴミのように扱ってきた者もまた、同じ運命を辿るらしい。

報酬は充分。内容的にも難しいものではない。ならば依頼を断る理由も、存在しなかった。

本来であればセオドアはただ命令を下せば済む。

現在の自分は私怨で動けるほど軽い立場にはなく、一言『殺れ』と口にするだけで、優秀な部下が一斉に動き出す。

けれどこの件だけは、他人任せにできないと思った。

十年の間に摩耗し変容した憎悪は、かつての燃え盛る焔ではなくなっている。しかし鎮火されたわけでは決してなかった。今も変わらず、ブスブスと煙を上げている。何かきっかけさえあれば、いつでも簡単に火力を取り戻すだろう。

この先もこんな思いを抱え続けるくらいなら、全てを終わらせてしまいたいと願った。

面倒なしこりは切除してしまえばいい。

アレクシアはきっと婚家で平穏に暮らしている。彼女なら、家族を喪っても皆に愛されて傷を乗り越えられる。ならば——躊躇う理由はなかった。

もっともそれも、言い訳の一つに過ぎない。

結局のところ、こうして復讐の機会が巡ってきてセオドアが高揚しているのは紛れもない事実だった。浮かれているのとはまた違う、奇妙な興奮。

これでやっと終止符を打てる。過去にも、くだらない恩讐にも。全部ケリがついたときに、ようやくあらゆるしがらみから解放されると期待した。

自ら凶器を選ぶ際、ひょっとしたら自分は嗤っていたかもしれない。

もう十年近く動くことのなかった表情が、僅かに綻んだのを感じた。

彼らをこの世界から消し去ったら、少しは空気が綺麗になる。呼吸が楽になって、退屈で澱んだ日々が晴れればいい。

——ああ……そうだ。何年も前に嫁いだアレクシア様の部屋が残されているはずはないが、肖像画の一枚でも飾られていないだろうか……

思い出を反芻するものがあれば持ち帰りたい。どうせ火をつけて燃やしてしまうなら、一つくらい問題あるまい。

全てを奪われたあの日、本当にセオドアが持ち出したかったものは、思い出のよすが。換金できるものや、私物に未練はなかった。

ただアレクシアに繋がる何かが一つでもあったなら、自分はここまで堕ちはしなかったと思う。生き恥を晒してまで、暗闇をもがきもしなかった。

今後も永遠に会えないなら、形があるものが欲しい。

直筆の手紙でも、以前愛用していたティーカップでもいい。彼女を感じられるものならば、何でも――

予定通りあの夜屋敷にいた者を全員屠《ほふ》り、一刻も早くアレクシアに関わる何かを手に入れたいと心は急いていた。

気もそぞろで最終確認をし、まさかあの現場に彼女本人が現れるとは夢にも思わず、柄にもなくセオドアは硬直した。

想定外の闖入者《ちんにゅうしゃ》の気配に、仕事が増えたと嘆息《たんそく》したのは一瞬。次の瞬間にはアレクシアが発した『お父様』の言葉に愕然とした。

ゴードン家に娘は一人しかいない。既に他家へ嫁いだアレクシアのみ。

入念な調査でも、隠し子の存在は確認できなかった。ならばここにいるのは彼女でしかあり得ない。考えられる可能性としては、たまたま里帰り中だったのか。しかし数か月前から人の出入りや警備体制、内部の状況は監視していた。

けれどアレクシアが滞在している情報は一向に摑めなかったではないか。それでも眼の前の現実だけを見れば、彼女がこの場にいて目撃者になった事実は揺るがない。

冷静に導き出した答えとは裏腹に、セオドアは『まさか』の戸惑いを拭い去れなかった。

殺せ、と長年の間に染みついた人殺しの声が頭の中に響く。

目撃者は消す。当たり前すぎて今更疑問に思うこともない。訓練された身体は、考えるよりも先に動いた。

刃についた血を振り払い、ゆっくりと振り返る。下手に悲鳴を上げられる前に決着をつけなくてはならない。迷わずに手足は動いた。せめて苦しませずに一太刀で。

『……セオドア……?』

たった一目でアレクシアは自分を分かってくれた。あの瞬間弾けた想いを、言葉にすることは困難だ。喜びと痛みがごちゃ混ぜになって、長らく死んでいた心が一気によみがえった。

気が狂うほどずっと会いたくてたまらなかった人が眼の前にいる。十年も経っているのに、この暗闇の中、一瞥《いちべつ》で気がついてくれた。

再会は永遠に叶わないと諦めて、望むことすらやめていた矢先に、この仕打ち。神はとことん自分を甚振り翻弄するつもりらしい。

矮小《わいしょう》な人間の営みなど、神にとっては暇潰しの見世物でしかないのだろう。

何者かが嘲笑う声が聞こえた。

殺せと叫び、落ち着けと囁く。

同時にアレクシアにだけは今の自分を知られたくないと切に願った。

血に塗れ、汚れた姿を晒し、どんな生き方をしてきたのか。数えきれないほどの人を殺めた手は、いくら洗っても綺麗になることはない。

とっくの昔に魂《たましい》まで腐臭を放っていた。

そんな事実を知られるくらいなら、やはりこの場で彼女の命を断った方がいい。そうすれば、過去の綺麗だった自分のままでアレクシアの記憶の中にいられる。

彼女が今夜何故この場にいたかなんて、この際重要な問題ではない。

あの嵐の日、セオドアが唯一持ち出せたのは愛しい思い出だけ。おそらくはアレクシアの記憶にも、重みは違っていても少しは残されているはず。それを、壊したくなかった。

無意識に抱き寄せた身体はあまりに細く、腰が折れてしまうのではないかと不安になる。

しかし柔らかな感触に意識の全てが奪われた。

もっと近づきたい。抱きしめて腕の中に閉じ込めたい。

過去にはとてもできなかったこと。

緊急事態に見舞われて、幼かった彼女に触れたときとは、まるで違う。

肉の乏しい細身の肢体は、それでも完全に『女』のものだった。

軽く息を吸い込めば、甘い芳香《ほうこう》が漂う。血臭が充満しているはずなのに、アレクシアの香りだけはハッキリと嗅ぎ分けられた。

あの髪に指を差し入れ梳《す》いたら、どれほど気持ちがいいだろう。肌の感触は。唇の温かさは。全てを確かめたい衝動に駆られる。

想像するだけで昂る身体を宥めるため、セオドアは殊更平静を取り繕った。もっとも、傍から見れば落ち着き払い、無表情だったはずだ。本心を押し隠す訓練は積んでいる。完璧にこなしすぎて、今では己の本心も分からなくなっているほどに。

『私も……殺すの……？』

ああ、そうだ。いつまでグズグズしている。反射的に首肯しても、握り直した剣が重く感じるのが不思議でならなかった。

すべきことはハッキリしている。考えるのは後でいい。どうせ結果は同じこと。

振りかぶった剣を、後は下ろすだけ。依頼は『屋敷内にいる者全員の殺害』。例外はない。

けれどそのとき、割れた窓から吹き込む風が、アレクシアの前髪をそよがせた。

月光が照らしたのは、右眉の上からこめかみにかけて走る傷。闇の中でも視認できるほど、大きくて濃い痕だった。幼かった彼女がこんな痛ましい怪我を負ったことはない。つまりは自分と別れてから何かがあったのだろう。

どこもかしこも綺麗で、宝石のようだったアレクシアに傷を刻んだ要因がある。

そう思うと、腹の底から名状《めいじょう》しがたい怒りが湧き上がった。

過去のセオドアが大事に守り、離れてからはどれほど顔が見たくても堪え忍び、身が千切れそうなのを我慢して大切にしていた宝を何者かが壊した。

もしも相手が人間なら、殺してやりたいと心底思う。あらゆる苦痛を与え、自分の知る限り最も残酷な方法で甚振って、この世から抹殺したい。

いくら問い詰めてもはぐらかすアレクシアに、セオドアはもしや結婚後不測の事態が起こったのかと思い至った。

女にとって実家に帰されることは、多大なる恥とされる。まして理由が顔の怪我だとしたら、秘密にしたいと考えても不思議はなかった。

アレクシアにとっても、家族にとっても。ましてあの両親ならば、娘の価値が下がったと考えるのではないか。

家を継がない女は家のために姻戚関係を結ぶことを求められ、若く美しい娘は、それだけで利用価値がある。逆に言えば、若さと美貌を喪失した娘は、不良債権と成り果てるのだ。

吐き気を催す思考は、嫌になるほど当たっている気がした。そう考えれば、彼女がひっそりと実家に戻っていたことも納得がいく。

一切人に会わず、里帰りしている事実も隠して引き籠らねばならなかった理由。

こんなにも痩せて、子どもの頃よりどこか儚い印象になった原因は。

『……私を、殺すのではないの……？』

セオドアには、殺人者として捕まるつもりは毛頭ない。目撃者は消す。その決定に変更はなかった。

ただし、どんな形でも『この世界』から消し去ってしまえば、同じだ。

誰の目にも触れさせず、存在そのものを隠蔽《いんぺい》し、行方をくらませればいい。

あらゆる繋がりを断たせ、自分だけの檻の中にアレクシアを閉じ込める。その妄想は背筋が震えるほど魅力的だった。

抗い難い誘惑を悪魔が囁く。

存在自体秘されていた者を、探すもの好きはいない。依頼者も、娘については言及していなかった。ならば初めから彼女はここにいなかったことにすればいい。どうせ真実を知る者は全員死んだ。

今後何か嗅ぎつける者があったとしても——また殺せば済む。

腕に捉えたアレクシアは、怯えているのか小刻みに震えていた。エメラルドグリーンの瞳はくっきりと恐怖の色を湛《たた》えている。

そこに映る男は、近年見たこともない微笑を浮かべていた。

——手に入れた。

あれだけ汚れた身で触れてはいけないと思っていたのに、いざこうして手の届く場所に彼女が落ちてきたら、耐えられるわけがない。

しかもおあつらえ向きの舞台は整っていた。ここでアレクシアを攫《さら》っても、露見する可能性は著しく低い。誰にも知られず、彼女を連れ去ることができる。その後どうするかは自分の思うがままだ。

アレクシアの首を絞めたのは、彼女の意識を奪うため。殺すつもりは既に欠片も残っていなかった。

——貴女を閉じ込め、何もかも奪い尽くそう。

家族を殺めた加害者と被害者として憎しみの鎖で縛り合う。甘美な妄想は猛毒と同義。

一度摂取してしまえば、もはやそれなしでは生きられない。

汚濁《おだく》と諦念の中で漫然と生きてきたセオドアは、遠い過去に捨て去った『希望』を見出した。

――ああ、早く彼女に憎まれたい。この世の誰よりも強く、深く。

憎悪の対象になって、アレクシアの心を占《し》めたかった。

愛されたいなんて願っていない。己の分は弁えている。穢れた身で美しい彼女に触れる罪深さも。

それでも傍にいたいなら、恨みをこちらにぶつけさせるしかない。だから心の底から自分を嫌悪して憎んでほしい。それは『特別』と同じだ。

アレクシアの心と頭を占められるなら、感情の種類は何だってよかった。彼女にとって一番になれるなら、些末《さまつ》なことだ。他の人間のことなど考えず、思い出すこともなくなればいい。いっそ壊してしまえば、思い通りになるだろうか。

きっとアレクシアはセオドアの両親が刑に処された真相を知らない。自分の家族がどれほど罪深いかも。当時の彼女は幼すぎたし、もしも知っていたとしたら、そ知らぬふりができるような人間ではなかった。セオドアと再会した時点で罪悪感に囚われるはずだ。

けれどアレクシアは純粋に驚いているだけだった。

ならば彼女の憎しみを煽って、その後に本当のことを告げたら、いったい何を思うだろう？　復讐心を維持する強さを保ち続けられるか、ショックのあまり呆然とするのか。

それ以前に、セオドアの嘘だと信じてくれないかもしれない。

――ああ、それはそれで悪くない。僕が騙そうとしていると思えば、アレクシア様はもっと僕を嫌って他に眼が行かなくなる――

それとも――清廉な彼女は、人を憎んだ根拠が曖昧になり、瓦解《がかい》することもあり得るのでは。

浮かんだ可能性にセオドアは歓喜で背筋を震わせた。

――ここまで自分が狂っていたとは思わなかった。

希望をなくし人として大事なものを失って、ただ何も感じなくなったのだと判断していたのに、どうやら違ったらしい。セオドアの心が軋みながら快哉を叫んでいる。

首を圧迫されたことで呼吸を阻害され、苦しげに眉を寄せるアレクシアに口づけし、セオドアは純粋だった恋情が歪み変質してゆくのを感じていた。

5　手を伸ばした先に

いつまで自分はここにいられるのだろう。

アレクシアは久しぶりに外の空気を吸いながら、物思いに耽っていた。

庭園の四阿《あずまや》に腰かけ、今が盛りの花を眺める。部屋の窓から見るよりもずっと華やかで香しい。だが、美しい花々を眼にしつつも、考えるのはセオドアのことばかりだった。

衝撃的な真相を聞かされた日から三日。

彼は一度もこの屋敷を訪れない。代わりに老齢の医師が毎日やってきては懇切丁寧にアレクシアの傷痕を検分し薬を処方してくれた。

塗り薬と飲み薬。更には積極的に運動することを勧められている。とはいえアレクシアは囚われの身。

室内でできることはたかが知れているとこぼすと、翌日にはドリーを連れていることを条件に、庭園の散歩が許された。

どうやら彼女がセオドアに直談判してくれたらしい。

「風が気持ちいいですね、アレクシア様」

「……そうね……」

隣に控えるドリーの言葉に、半《なか》ば上《うわ》の空《そら》でアレクシアは答えた。

外を自分の足で自由に歩くのはいつ以来なのか、思い出せもしない。だからなのか、子ども時代の遠い昔の記憶ばかりがよみがえる。そして大抵の思い出の中には、すぐ傍に『彼』がいてくれた。

――私は確かに家族を奪われたけれど、純粋な被害者とは言えない。そこには恨まれて当然の理由があったのね……

何も知らずに自分にも怒りを抱く権利があると思い込み、セオドアにぶつけていた。そうすることが正解だと信じていたなんて、如何に愚かだったのか、考えると笑ってしまう。端的に言って、アレクシアには何も見えていなかったのだろう。己の家族の本性も、正しく捉えてはいなかった。

そこには血が繋がった彼らに対する期待や欲目もあったのだと思う。そこまで非道な人たちではないと信じたかった。

いくら自分に対する風当たりが強くても、平気で他者を罠に嵌め、死に追いやれるような外道ではないと思い込んでいた。

眼が曇っていたと言われれば、それまでだ。

「……私は……二重三重にセオドアを傷つけていたのね……」

知らなかったでは済まされない。直接害を及ぼしたのではなくても、時に無知は罪だ。

アレクシアの何気ない言動が、余計に彼の逆鱗《げきりん》に触れたこともあったのではないか。そう思うと、じくじくと胸が痛んだ。

「アレクシア様、何かおっしゃいましたか？」

「いいえ、何でもないわ。……もう部屋に戻りましょうか」

「そうですね。少し気温が低くなってきましたし……」

ドリーに曖昧に微笑んで、アレクシアは四阿のベンチから立ちあがった。仄かに脚が痛む。空を見上げれば、遠くに灰色の雲が広がっていた。明日は雨になるかもしれない。

アレクシアの心もまた、音もなく暗雲に覆われていった。

――彼はどういうつもりで、私を囲っているの……？

復讐と呼ぶには待遇が良すぎる。自由は制限されているが、場合によってはこうして条件付きの散歩を許可してくれた。

何より治る見込みもない傷痕に治療を施させるなんて、セオドアの意図が全く読めない。無実の罪で両親を奪われたのなら、もっと手酷いことを仇の娘にしたくなって当然なのに、現実はどうも違う。

美味しい食事を与え、健康を気遣い、贅沢な暮らしを送らせるなんてどう考えても奇妙だ。最初は身体を奪って辱めることが目的だと思ったけれど、それだけなら他にいくらでも効果的なやりようがある。

とにかく彼の言動は不可解なことが多かった。

その違和感は、セオドアの両親の死の真相を知って、一層強まったと言える。

――どうして彼は初めから、このことを私に明かさなかったの？

アレクシアが知っていると思っていたにしては、不自然なことが多い。

再会した段階でぶちまけていたら、もっとアレクシアを苦しめることができたはず。一方的に虐げて、こちらが嘆き悲しむさまを堪能できたのではないか。

にも拘らずその選択をしないで、アレクシアの憎しみを煽る言動ばかりをセオドアは繰り返した。

まるで、恨んでほしいと懇願するように。

――この前だって彼は何と言っていた？　……そうよ。『憎んで嫌っていただいてかまいませんよ。それでも貴女は僕のものです』と告げていたじゃない……

あれはさながら縋られているようだった。

光の消え失せた双眸で必死に懇願していると感じたのは、アレクシアの勘違いだけではなかったように思う。

逃がさないとこぼしつつ、逃げないでくれと乞われていた。

そんな風に思うこともまた、アレクシアの幻想でしかないのか。だがもしもあれら負の言葉を別の単語に置き換えてみたら。

憎悪を愛情に。嫌いを好きに。恨みを恋しさへと。

――……馬鹿ね……どこの世界に、家族を死に追いやった男の娘を愛する人間がいるの……

愚かにも擡げた希望を、アレクシアは慌てて散らした。

少しでも気を抜けば、自分にとって都合がいい妄想へ逃げこみたくなる。まるでこの仮説が正しい気がしてくるから、厄介だった。

我ながら図々しい。うんざりする気分で、アレクシアは歩き出した。

アレクシアが庭園を散策している時間帯は人払いされているのか、他に誰も見当たらない。とは言え、姿は見えなくても人の気配はあった。視界に入らない位置で監視されていることは間違いない。その点も自分を気遣ってくれているのかと思いたくなる。

――次にセオドアと会ったら……ちゃんと話してみよう。あの人が何を思って考えているのか……知りたい。

そして背負った罪とも向かい合いたかった。これから先、互いにどうすればいいのか。分かり合えるわけがないと諦める前に、何度でも手を伸ばしたい。振り払われ、罵倒されたとしても――

――いいえ。セオドアはどんなときだってそんな真似はしなかった。言葉は辛辣になったかもしれないけれど、彼はいつだって私に優しく触れ、声を荒げることはなかったじゃない……変わらない部分が沢山ある。だから私は……許されるなら、どんな形であってもあの人と一緒にいたい。そのために眼を背けることも逃げることも、もうやめよう。

十年前、アレクシアは彼に追いつけなかった。今ならきっと、共に堕ちることはできる。もしもセオドアが望んでくれるのなら、どこまでも絡まり合ったまま汚濁の海に溺れることも厭わない。

――今度、彼が会いに来てくれたら、私は……

「アレクシア様っ、危ない！」

「えっ」

突然ドリーに突き飛ばされ、アレクシアは低い木立の陰に転がった。枝に引っかかった袖口が、ビッと嫌な音を立てて裂ける。

しかし倒れ込んだ顔の間近に銃弾が跳ねたのを見て、それどころではなくなった。

「襲撃です！　このまま伏せていてください！」

「しゅ、襲撃……？」

普通に生きていれば、まず出会うことのない事態だ。愕然としている間に、次の銃撃がアレクシアの腕を掠めた。

「こちらへ！」

ドリーに庇われて、木の陰へ逃げこむ。どこかさほど遠くない場所で爆発音が上がった。

「……セオドア様が不在のときに……っ」

アレクシアに覆い被さり守ろうとしてくれるドリーの身体の横から、こちらへ駆け寄ってくる護衛の姿が見えた。その数の多さに驚く間もなく、アレクシアは彼らに囲まれながら、敷地内にある小屋の中へ誘導される。

古びた小屋は、庭園を管理するための道具置き場になっているのか、大きな棚に雑然とものが置かれていた。

「爆発音は屋敷の中から聞こえました。ひとまずここに隠れていてください」

「いったい何があったの……」

「以前セオドア様が壊滅させた組織の者が、報復を企《くわだ》てたようです。頭首様がいらっしゃらないときにここを襲撃したということは……おそらく狙いはアレクシア様です」

「私を？　いったいどうして……」

クラリと眩暈がした。

見も知らない誰かに自分が狙われるなど、想像をしたこともなかった。もしも己が殺されたり傷つけられたりするなら、そこには自身に対する憎しみがあって当然だと考えていたからだ。

「それこそが、セオドア様を苦しめることになるからです」

――私を狙うことが、彼を苦しめる……？

何故、自分を害することがセオドアの傷になり得るのか。復讐対象でしかない玩具が壊されたところで、本来なら彼はさほど気にも留めないだろう。

他人に楽しみを奪われ多少苦々しく思ったとしても、どのみちアレクシアが悲惨な死を遂げるのなら、結果はたいして変わらない。それなのに――

「アレクシア様はセオドア様の大切な方です。これまで一度として頭首様は傍に女性を置きませんでした。それも大事に隠して、厳重に守るのは前代未聞です。情報は漏れないよう厳密に秘されていましたが――奴《やつ》らはどこかから嗅ぎつけたのでしょう」

護衛の男の言葉をどう解釈すればいいのか、アレクシアには全く分からなかった。音は耳を通過しても、上手く頭に入ってこない。

呑み込もうとすれば、また自分に都合よく事実を捻《ね》じ曲《ま》げてしまいそうだった。

もしかして、と灯る期待が擽ったい。そんな場合ではないのに、泣きたくなる。

銃を手に小屋を飛び出してゆく男たちを見送り、アレクシアはドリーに手を握られた。

「ご安心ください。アレクシア様は私が絶対にお守りします」

そう告げる彼女自身も小刻みに震えていた。顔色は悪く、今にも泣きだしそうだ。

ドリーだって普通の女性。身体を鍛えているわけでも、特殊な訓練を受けたわけでもない。こんなときに毅然としていられるはずはなく、恐怖に竦んで当たり前だった。

けれどアレクシアを必死に勇気づけようとしてくれる。あまつさえ撃たれそうになったアレクシアを、身を挺《てい》して庇おうとしてくれていた。

「ドリー……」

「アレクシア様は、そこの棚の裏に隠れてください。汚くて申し訳ありませんが、布を被って――」

「駄目よ、貴女はどうするのっ」

棚の裏には、人ひとり身を潜《ひそ》めるのが精一杯の空間しかない。布も大人二人が包まれるほどの大きさはなかった。ならば残されたドリーはどうなるのか。

「私のことでしたら、お気になさらず。ああ、念のため衣装を交換しておきましょう。いざとなれば私が身代わりになります」

「そんなことは認められないわ！」

とんでもない提案に、アレクシアは眼を剝《む》いた。

念のための場合など考えたくもない。しかも彼女を犠牲にするのは論外だ。二人とも助からなければ、万が一アレクシア一人生き残っても、きっと後悔に苛まれる。自分自身を許せず、一生アレクシアは己を責め続けるだろう。

大事な人を守れなかった過去が脳裏にチラつく。今度こそ、この手から宝物を取りこぼしたりしない。

アレクシアは素早く小屋の中を見回し、ドリーに力強く頷いた。

「友人を身代わりになんて絶対にしないわ」

「アレクシア様……」

この小屋へアレクシアが避難したことは、襲撃者たちに見られていただろう。周りを護衛が守ってくれていても、踏み込まれる可能性は高い。

身を隠せる場所が乏しく、狭い室内で敵から身を守るにはどうすればいいのか。

「……ドリー、木登りは得意？」

「え……はい？」

アレクシアの質問に彼女は真顔になった。心底意味が分からぬと言わんばかりに首を傾げている。

「申し訳ありませんが、したことがありません……」

「だったら、貴女が布を被って棚の後ろに隠れて。私は上に身を潜めるわ」

「上？」

アレクシアが指さした方向へドリーも顔を向けてきた。

そこには古びた棚が天井近くまで聳《そび》え立っているだけ。所狭しと様々なものが置かれ、よじ登るのは容易なことではないだろう。だがアレクシアには自信があった。

——もう何年も木登りはしていないし、脚が少し疼くけれど……問題ないわ。

「た、棚に上ってどうなさるおつもりですかっ」

「天窓があるでしょう？　そこから外に出るわ」

「外は危険です。敵に襲われてしまいます！」

「貴女の心配はもっともよ、ドリー。でもこのまま隠れていても、事態は好転しない。例えば小屋に火を放たれたら……？　結局は私たちは外へ飛び出すしかなくなる。その瞬間を狙《ねら》われればひとたまりもないでしょう。だったら、先に相手の意表をつくのが効果的ではないかしら」

この小屋の裏手は、木々が生《お》い茂《しげ》っていた。天窓がある方向は、銃弾が飛んできたのと逆側だ。上手くすれば襲撃者の隙をついて脱出できると思った。

「聞いて、ドリー。私がもう中にいないと思えば、彼らもここに踏み込もうとはしないはずよ。私だって無謀なことを言っているのは分かっている。でもじっとしていたら、私も貴女も危ない。護衛の人たちだって、無事でいられる保証はないわ」

時間を稼ぎ襲撃者を攪乱させられれば、反撃の機会はきっと巡ってくる。今頃は誰かがセオドアに連絡してくれていると信じるしかなかった。

今の状況では、アレクシアがこの場に留まる限り消耗戦だ。敵にしてみれば、これほど狙いやすい的はないだろう。連れ去りが目的でなかったとしたら、それこそ小屋ごと吹き飛ばされても不思議はないのだ。

「外に出て、可能なら助けを呼ぶわ。ここは街中でしょう？　治安維持隊だって巡回しているはず……昼間こんな形で襲ってくるなんて、たぶん敵は大人数ではないわ。大勢いるならこそこそ遠くから銃撃しないで、数の力で押し切ると思うもの」

　さもなければ夜陰に紛れ、忍び込むだろう。そういった手を選ばなかったのは、夜の方が警備が厳しいからではないか。更に言うなら、腕に自信がなく半ば捨て身なのではとアレクシアは推測した。

「ですがアレクシア様……危険すぎます」

「私、昔は跳ねっかえりのお転婆娘だとよく言われたのよ。だけど当時は本当に無力だった……一番大切な人のもとへ、肝心なときに駆けつけることさえ叶わず……それですっかり自信を無くしてしまったの」

　何もできない自分に失望し、役立たずの烙印を押されて心が折れた。

　この心の傷は、永遠に塞がらないと諦めていた。けれど挽回できるとしたら、それはきっと今しかない。

「やり直せるなら、そのときこそ私はセオドアと本当の意味で再会できる」

　臆《おく》すことなく彼と対峙できるだろう。セオドアが自分を大切だと思ってくれているのが本当なら、アレクシア自身を守ることにも意味があった。

「駄目……駄目です」

「ドリー、私だってむざむざ攫われたり、殺されたりするつもりはないわ」

セオドア以外に、この身体も命も明け渡せない。しかも彼が守ろうとしてくれていたのなら、尚更だ。

この十年以上すっかり価値を見失っていた『アレクシア自身』を心の底から大事だと感じた。蔑ろには扱えない。消極的にでも何でも、死ぬわけにはいかないと思った。

――彼にもう一度会うまでは、絶対に諦めない。

嫌がるドリーを棚の後ろに押し込め、布を被せてからアレクシアは棚をよじ登った。堆積する埃のせいでひどく滑る。場所によっては棚板が老朽化しており、体重をかけるのを躊躇う箇所もあった。

乱雑に置かれたものを避け、少しずつ身体を上へ引き上げてゆく。邪魔になるスカートの裾は大きく捲り上げ、横で縛っておいた。

脚の傷痕を剝き出しにした格好は、とても他人に見せられる姿ではないものの、今はそんな些末なことを気にかける余裕はない。

慎重に手足をつく場所を見定め、ひたすら天窓を目指す。

下では息を呑んでドリーが見守ってくれていた。下手に何か言えば、アレクシアが集中力を途切れさせ手を滑らせかねないと案じているのかもしれない。

祈りの形に組み合わせたドリーの手に勇気をもらい、アレクシアはようやく最上段まで辿り着いた。

「……！　よかった、窓は開くわ」

天窓が嵌め殺しだった場合、ガラスを割らねばならない。しかしそんな音を立てれば、敵に気づかれ易くなる。

せっかく襲撃者が潜んでいると思われる位置から死角になる側に窓があるのに、台無しだ。

アレクシアはゆっくりと窓を開き、外の様子を窺った。

護衛たちが何者かと争っている銃撃音が響く。男たちの怒声も聞こえた。どうやら優勢なのは、護衛側。敵に余裕がない今が、絶好の機会だ。

アレクシアは棚の上に立ち、窓から身を乗り出した。想像通り、こちらから直接男たちの姿は見えない。だとしたら彼らからもアレクシアは視認できないに違いなかった。

――怖くない。これくらいの高さ、嵐の夜に部屋から抜け出したときと比べたら、何でもないわ。

戦慄く指先は、一度強く拳を握ることでごまかした。できるだけ身を低くして、屋根の上へ這い出る。伏せた体勢のまま木々がある裏手側の壁に向かい、アレクシアは下りられそうな場所を探した。

——ここから、あそこに爪先を置いて、手はそこを摑めば……うん。いける。

助けたい人たちを胸に思い浮かべると、体内から力が湧いてくる気がした。

心許ない出っ張りに手足をかけ、呼吸を整える。

——壁を下りたら木々の合間を縫って、少しでも小屋から離れよう。途中見つかったら、襲撃者を私に引き付ければドリーに危害は加えられないはず……逆に上手く外まで行けたら、助けを呼ぶことだってできる……

どちらに転んでも、誰かを救える。

——それに、私だって簡単にやられたりするものですか……！

極力下を見ず手足を動かすことに専念して、アレクシアは小屋の壁を伝い下りた。木登りとは勝手が違っても、失敗は許されない。自分の肩には大勢の命がかかっている。

子ども時代とは体重も身体つきも変わっているせいか、以前のように身軽には動けなかった。その上、摑まる場所が棚のように整然と並んでいるわけでもない。

雨風に晒され、ろくに外壁の処理がされていない古びた小屋だ。迂闊《うかつ》に身体を預ければ、足場が崩れる。アレクシアは慌てて別の場所を手で摑み、落下する直前で体勢を支えた。

「……っ」

すんでのところで悲鳴を堪えたのは、自分を褒めてやりたい。口から飛び出しそうな心臓を宥めすかし、大きく息を吸う。

ボロボロと剝がれる壁板に、これ以上重みを掛けるのは危険だと思う。一刻も早く地面まで下りなければ、それこそ落ちてしまう。

意を決したアレクシアが、やや遠い位置にある出っ張りに手を伸ばしたとき。

「いたぞ、あそこだ！　女を狙え、捕まえろ！」

「死なない程度に痛めつけてやれ！」

耳障りな叫びと空を切る風音と共に耳を掠めて銃弾が撃ち込まれた。

「きゃ……っ」

こんなに早く見つかったことも、あと少し弾道が横にずれていれば、間違いなくアレクシアの頭を貫いたことも、衝撃だった。

驚きのあまり握力が弱まる。ビキッと木が割れる音がして、足をかけていた出っ張りにヒビが入った。

――あ……

アレクシアの身体が宙に放り出される。この感覚には覚えがある。十歳だったあのときも、地面に辿り着く前に手足が離れてしまった。

違うのは、摑まっていたのが木か壁かということだけ。そして自分を助けてくれる人がすぐ傍にいるかどうかだった。

――死ぬ。

高さ的に落下しただけでは怪我で済むかもしれない。だが下ではアレクシアを狙う男たちが待ち受けている。彼らに襲い掛かられたら、無傷で終わるはずがなかった。生き残ったとしても、確実にセオドアの足枷になる。それだけは――許容できないと思った。

――彼の重荷になるくらいならいっそ……――私、また何もできずに迷惑をかけてしまった……

それでもドリーは守れただろうか。地面に叩きつけられるまでの一瞬の間に、アレクシアは人生で初めてできた友人を思った。そして、何があっても忘れられなかった初恋相手のことを。

――ごめんね、セオドア。ああ私、貴方に伝えたいことが、本当は沢山あったの……

刹那《せつな》の悔恨《かいこん》に眼を閉じる。間もなくやってくる痛みに備え、身を強張らせた。

だがいつまで経ってもその瞬間は訪れない。地面に叩きつけられる代わりにアレクシアを受け止めたのは、逞しい人の腕。

鼻腔を擽る懐かしい香りと、既に馴染《なじ》んだ愛《いと》しい人の気配だった。

「――全く……僕は何度こうして貴女を抱き留める運命なんでしょうね」

「……セオドア……」

落下したはずのアレクシアは、彼の腕に抱かれていた。

けれど今日、セオドアは不在のはず。この三日間、彼は一度も顔を見せてくれなかった。

セオドアが忙しいことは重々承知していたものの、ひょっとしたらもう来てくれないのではと不安だったことも事実。

アレクシアの両親の罪を暴いたことで、彼の中で一区切りついてしまったのではないかと、心のどこかで恐れていた。

「間に合ってよかった。もう、大丈夫です」

「何故ここに……」

「貴女には複数の監視が付いています。それにちょうどこちらに向かっている途中だったのですよ。急に決まった予定変更なので、襲撃者は情報を摑めていなかったのでしょう」

そうだ。悠長に話をしている場合ではない。まだ武器を持った男たちが敷地内をうろついているのだ。

我に返ったアレクシアは、大慌てで周囲を見回した。けれども。

「え……?」

数人の男たちが地べたに倒れ、拘束されていた。中には既に事切れていると思われる者もいる。全員銃は取り上げられ、生きていても戦闘不能と思われる方向に手足が捻じ曲がっていた。

「……っひ」

「——一人残しておけばいい。後は処分しろ」

「はっ、ご命令通りに」

セオドアがアレクシアにかける声音とは打って変わった冷たい低音で、指示を飛ばす。彼の部下と思しき男たちが一斉に動き出し、侵入者は瞬く間にアレクシアの前から連行されていった。

「あ……」

「ゆっくり、呼吸してください。——無事ですか？　不快なものをお見せして、すみません。ですが、相変わらず無茶をする」

固く握ったままになっていた拳《こぶし》を開かれ、アレクシアの掌は彼によって入念に傷の有無を調べられた。それだけでは納得できなかったのか、セオドアはあちこちに触れてくる。真剣な瞳には、ありありと心配の色が浮かんでいた。

——私を助けに来てくれたの……？

昔と同じように。

お気に入りの玩具を奪われまいとするには強すぎる力で抱き直され、彼の心臓がアレクシアと同じくらいドクドクと脈打っていることが伝わってきた。

表情や顔色にはさほど表れていなくても、自分には分かる。とても、心配してくれたのだと。

「……ぁ、ドリー……ドリーは無事……っ？」

「ご安心を。擦り傷程度しか負っていません」

「あ、あの、ドリーは身代わりになろうとしてくれたのに、私が勝手にしたことなの。だから彼女を叱責《しっせき》しないでね」

もしもこの件で彼女が責任を追及されるようなことがあっては困る。制止するドリーを振り切ったのは、アレクシアの方だ。どうか叱《しか》らないでくれと言い募れば、セオドアが微かに口角を上げた。

「……貴女らしい。この状況で世話人の心配をするとは」

「ドリーは友達よ。撃たれそうになったときも、身を挺して私を庇ってもくれたわ……」

間違っても彼女が職務放棄をしたとか、自分だけ助かろうとして隠れたのではないと分かってほしくて、アレクシアは首を横に振った。

するとセオドアが目元を緩める。

いつもの硬い表情でも、あからさまな作り笑いでもない。本物の微笑だとハッキリ伝わってきた。子どもの頃から大口を開けて豪快《ごうかい》に笑う人ではない。控えめで少年らしくない大人びた微笑《ほほえ》みを見せてくれる人だった。

その懐かしい笑顔がアレクシアのすぐ眼の前にある。

「あ……」

「分かっていますよ。アレクシア様がどういう人で、ドリーが生真面目なことも。だからこそ、貴女の世話役を任せたのですから。目論見通り、気が合ったのならよかったです」

セオドアがアレクシアを地面に下ろし、乱れた髪を直してくれる。縛っていたドレスの裾も解いてくれた。それでも腕の中から放すつもりはないらしい。

そっと抱き寄せられ、頭を撫でられ、いつになく優しい抱擁に、アレクシアは自分が助かったことをようやく実感できた。

「護衛の人や、屋敷にいた人たちは……？　ば、爆発があったのよ。巻き込まれてはいない？」

「それも平気です。こちらに死者はいません。爆発も、侵入者を撃退するために僕が事前に仕掛けておいたものです」

「え？　それじゃ今日、襲撃されることを知っていたの？」

まるで罠を張っていたと言わんばかりの彼の言葉に啞然とする。

しかしだからこそ迅速に助けられたのだと、納得もしていた。

「近々、敵対する勢力が暴挙に出るのは予測していました。僕の敵は大勢います。それでも普段であれば、鉄壁の警備体制で鼠《ねずみ》一匹入り込むことはできない。わざと隙を作って誘い込みでもしない限りは。アレクシア様に関する情報も、あえて流したのです。そうでなければ僕の秘密が漏れるわけがない」

確信に満ちた物言いは、それだけ自信があるからだろう。さながら王者のよう。実際、闇の世界を牛耳っているのは、間違いなくセオドアだった。

彼の一言で大勢の人間が動き、時には国さえも裏から動かせる。富と権力は、高位貴族を軽々と凌駕するに違いない。そんな人が、アレクシアの背中を微かに震える手で撫で下ろした。

「貴女を囮《おとり》に使い、申し訳ありません。ですがこれで、二度と僕のものに手を出そうとする愚か者はいなくなるでしょう。それに、絶対に無傷で守るつもりでした」

きっとアレクシアが大人しく小屋の中に隠れていれば、セオドアは難なく敵を捕縛し、襲撃者を安全に排除できたに違いない。そういう計画だったと今更ながら悟る。

しかし自分は勝手に抜け出そうとして、事態をややこしくしてしまった。

屋根の上に現れたアレクシアに気がついたとき、彼はどれほど驚いただろう。いや、失望したのか。

自分の行動は他を見捨てて己一人助かろうとしているかの如く映ったのではないかと思い至り、血の気が引いた。

「あ、あの、私……一人で逃げるつもりだったのではないわ。そう思われても仕方ない状況かもしれないけれど、ドリーや皆を助けたくて……っ」

セオドアの傍を離れたくないからこそ命がけでしたことなのに、彼に誤解されるのだけは耐え難い。

思わずアレクシアが爪先立ちになって言い募ると、セオドアは柔らかく眼元を細めた。

「ええ、分かっています。逃げるつもりなら、もっと上手く立ち回るでしょう。それこそ襲撃者に助けを求めてもいい。彼らは貴女を殺すよりも、連れ去りたかったようですからね。ですがアレクシア様の行動は、どう見ても敵から身を隠していた」

――分かってくれた……

再会以来、今が一番『言葉』が届いている気がした。セオドアが真っすぐアレクシアを見つめてくれているからかもしれない。今まで暗闇しかなかった双眸に、微かに光が瞬いている。

　これまでずっと、磨りガラス一枚隔てているようにもどかしく、声が聞こえてもどこか不明瞭で、すぐ傍にいるはずの姿も歪んで見えた。

　半分以上跳ね返ってくるだけの言葉を、虚しい気持ちで受け止めた日々。あれは、二人の間にできてしまった高い壁のせいだったのだろう。

　心には直接触れられない。それでも手を伸ばす前に拒むかのように聳えていた障壁が崩れ去ったのを感じる。

　勘違いでもいい。そう錯覚させてくれるなら、アレクシアは永遠に騙されてもかまわないと思った。

　――いくら傷つけ合っても、やっぱりこの人が好きだ。

　幼かった初恋は、今は大木になっている。もう摘み取ることも無視することもできない。しっかり根を張った恋情を伐《き》られれば、アレクシアの生きている意味はどこにもなかった。

　魂が抜けたのも同然だった十年間。あのときより絶望は深くなる。もはやセオドア無しでは生きられないのだと、心の底から理解した。

「あ……セオドアの腕は大丈夫？　私を抱き留めたときに痛めてはいない？」

「……貴女は何も変わっていない。純粋で誰に対しても公平な、僕だけの優しいアレクシア様だ」

一房取られた髪に口づけられ、胸が大きく脈打った。彼は穏やかに微笑んだまま。

これまでにも何度かされた仕草なのに、今日は一番心音が大きくなる。

ドッドッと昂る鼓動に押され、アレクシアは今なら本心を吐露できる気がした。

——貴方も変わっていない。こうして昔と同じように私を助けてくれたじゃない……

仮に彼が変わり果ててしまったとしても、もういい。セオドアが深淵に堕ちるなら、自分が同じ場所まで行けばいいだけ。覚悟が決まれば、迷う理由はなかった。

「……私を助けてくれて、ありがとう」

「もとをただせば、僕のせいで命を狙われたのに？　ああいう輩は全て逆らう気力もなくなるほど擂《す》り潰したと思っていましたが、まだ残党がいたのは計算違いです。今回、一掃できたと思いますが」

冷徹な言葉を紡ぐ彼は、冷えた空気を滲ませる。

アレクシアはセオドアのいる世界に思いを馳《は》せた。おそらくそこは、平板な道じゃない。常に何らかの危険に晒され、他者の恨みを買う場所だ。もしかしたらこれからも、今日と似たようなことが彼の身には起こるかもしれない。

永遠に許されることもないだろう。天国の門はきっとくぐれない。

けれどそれでも。

「それから、ごめんなさい……私の両親が貴方たちにしたことを、娘の私が謝るわ……許してくれなんて言わない。代わりにずっと、傍に置いてほしい。セオドアが望んでくれるなら、一生償い続ける」

離れないと誓いを立て、アレクシアは彼の身体に自ら抱きついた。その間セオドアは軽く眼を見張ってこちらを凝視してくる。

至近距離で見つめ合ったのは、ほんの数秒。だがとても長く感じられた。

互いに相手の出方を窺っている。何を言うべきか迷い、アレクシアは勇気を掻き集めて口を開いた。

「私、貴方のことが昔からずっと好きだった。だからどんな理由でもいい。私をこれからも縛り付けていて」

「……アレクシア様……」

憎しみでも執着でも。暇潰しの玩具であってもかまわない。

アレクシアが生きたいと強く願えるのは、セオドアが傍にいてくれるときだけだと知ってしまったから。

「……僕は、白昼夢を見ているのでしょうか？　それともついに夢と現実の区別もつかないほどおかしくなってしまったのか……？」

双眸を揺らした彼が、いつになく弱々しく吐き出す。サラサラとした黒髪を掻き上げ、困惑を露にした。

その表情にかつての彼を見つけ、アレクシアは愛おしさが募る。やはりセオドアが好きだと、昔よりもっと恋心は大きくなったと思えた。

「悪夢じゃないなら、よかった」

「だって、あり得ない。僕が貴女の家族を殺したんですよ。それに他にも数えきれないほど大勢の――――」

「私の家族も、何の咎もないセオドアの両親を死に追いやった。罪の重さで言ったら、どちらがより酷いだろうね」

「それとこれとは……っ」

彼がここまで表情を歪ませたのは、今も昔も含め初めて見た。泣き出しそうに思え、無意識にアレクシアはセオドアの頬へ手を伸ばす。ビクリと肩を震わせた彼は、何かを乞うようにアレクシアだけを視界に収めていた。

「違わない。私たちはどこまでいっても被害者と加害者。同じ景色を見ることは叶わないのかもしれない……だけど、一緒に生きることもできると思う」

時に傷つけ合い、傷を舐め合うことになっても、歩みを揃えることは不可能ではないと信じたかった。

愛情も憎悪も全て呑み込み、無駄な努力に終わる覚悟を持ちつつ、一生相手に手を伸ばし続けることこそ、意味がある償いになる。

世間からは後ろ指を差されるだろう。彼の選んだ生き方は血に塗れている。

アレクシアの家族も、セオドアの両親も『常識のない娘だ』と自分を罵るに決まっていた。

きっと、考えるよりも大変な道だ。途中で疲れ果て、歩けなくなるかもしれない。だとしても、セオドアと一緒ならアレクシアは後悔しないと断言できた。

「……アレクシア様はそれでいいのですか……生涯、僕に囚われることになりますよ。いや、死んだとしても、僕は貴女を手放すことはないでしょう」

「私が貴方に囚われるんじゃない。私が自分の意思で、セオドアの傍にいたいと願っているの」

「償いのために……？」

「それも違う。さっきも言ったでしょう。セオドアのことが好きだからだよ」

似て非なる想いは正しく伝わっただろうか。

祈りと同等の強さで、アレクシアは彼に語りかけた。

「貴方を愛している。誰にも祝福してもらえなくても、かまわない。私の幸せは、私が決める」

おそらくあらゆる人がアレクシアの選択に眉を顰めるはずだ。

自身の親がセオドアの両親を奪い、彼によってアレクシアの家族は殺された。歪められたセオドアの人生の過程で、大勢の血が流れた。絡まり合った憎悪の鎖が千切れることはなく、永遠に事実が変わることもない。

どう考えても上手くいくわけがなかった。

復讐で繋がった被害者と加害者が共に生きていこうだなんて、無謀すぎる。――それでも伸ばした手を摑んでほしいと願わずにはいられなかった。

「……僕が貴女に触れてもいいのですか？」

「今更？　おかしなことを言うのね」

これまで散々強引に触れてきたくせに、今になって戸惑いを滲ませるのは卑怯だ。ついこちらから抱きしめたくなってしまう。

アレクシアはセオドアの胴に回した腕に力を込めた。愛していると言葉だけでなく態度で示す。

突き放されないことに歓喜しつつ、彼の胸へ頬を摺り寄せた。

「……十年……いえ、もう十一年前、大木の虚で貴女を待ち続けました。来てはくれないのだと失望し、アレクシア様を信じられなかった僕を許してくださいますか……？」

「やっぱり私を待ってくれていたの？　嬉しい……行けなくて、ごめんなさい」

当時、気持ちが通じ合っていたのだと思えば、アレクシアは筆舌に尽くし難いほど感激に打ち震えた。その分、あの夜辿り着けなかったことが悔《く》やまれる。

きっと嵐の夜、二人が出会えていれば何かが変わったはずなのに。

――でもこうして今、再会できた。奇跡と呼ぶには充分でしょう？

速まるセオドアの心音を聞きながら、彼の言葉を待つ。アレクシアがじっと下から見つめれば、セオドアが唇を戦慄かせた。

「僕は、ずっとアレクシア様が好きでした。それこそいつからこの気持ちを抱いていたのか分からないくらい昔から……貴女だけを想ってきました」

「セオドア……！」

世界が一気に色づく。音も光も全て、これまでになく鮮やかになった。

見つめ合った視線が熱を帯びる。触れ合う身体も、体温が上がっていった。

「それは、本当……？」

「嘘を吐く必要がありません。これまで貴女が僕を愛してくれる奇跡は起こらないと思っていたから、奪うより他に方法が見つからなかったのです。そうでもしなければ、アレクシア様を手に入れられない。死に傾いていた貴女を、どんな手を使ってでも繋ぎとめたかった……」

彼に連れ去られた当初のアレクシアは、確かに積極的ではなくても心が死に寄っていた。生きている意義を見失い、生そのものに消極的になっていたせいだろう。

全てを見抜いていたセオドアは、彼なりにアレクシアを生かそうとして必死だったのかもしれない。方法は、決して褒められたものではなかったけれど。

「私たち、随分長い間色々な思い違いをしていたみたい……」

相手を想うあまり、勝手に解釈して誤解していた。そこに悪意はなくても、眼が曇っていたのは間違いない。

本気で向き合うことを避け、遠回りしてしまった。

欲して止まないものは、こんなにも傍にあったのに。

互いにきつく抱き合って、どちらからともなく口づけた。触れては離れるキスを繰り返し、見つめ合い鼻を擦りつける。引き寄せられるまま深く唇を重ね、陶然とした。

舌を絡ませ、乱れる吐息を奪い合う。

幸福のキスは何物にも代えがたいほど甘く、官能的だった。

「……アレクシア様、今すぐ貴女がほしい」

「そ、そういうことを言われると、恥ずかしい……っ」

いいとも駄目とも言えないではないか。

アレクシアが真っ赤になって俯くと、再び横抱きにされた。高くなった目線に驚いていると、セオドアはそのまま早足で歩き出す。

庭園を最短距離で通過して屋敷の扉をくぐり、二階へ。階段を上る際には「大変だから下ろしてほしい」とアレクシアが言ったものの、彼は少しも辛そうではなく「嫌です」と宣った。

「お、重いでしょう？」

「アレクシア様は再会当時より肉付きがよくなりましたが、まだまだ軽いですよ」

確かに以前よりもアレクシアは多少ふっくらしてきている。

健康的な食事と快適な生活のおかげで、足りなかった栄養が全身に行き渡っているのは、自分でも感じていた。

だが『肉付きがよくなった』の一言に凍りついてしまったのは、乙女として仕方がない。愛する人に『太った』と言われているのも同然だからだ。

「お……っ、下ろして！」

「お断りします。こうして貴女に大手を振って触れられる機会を、無駄にするわけがありません。それに――疲れたでしょう？」

「……っ」

言われて初めて、アレクシアは右脚が重く怠《だる》いことに思い至った。今日の自分はかなり無理をし、脚を酷使したようだ。

これまでも長時間立っているだけで痛みを覚えたのだから、あれだけ動けば当たり前かもしれない。

気が張り詰めていたから分からなかったけれど、いざ指摘されれば急に鈍痛が走った。

「頑張りすぎたアレクシア様を、抱き上げる許可を僕にください」

「……こ、これまで許可なんて取らずに、思い通りにしてきたじゃない……っ」

「ええ。でもこれからは、貴女の嫌がることをしたくないのです」

その割には下ろしてほしいと懇願してもどこ吹く風だ。しかしそれは、本気でアレクシアが嫌がっているわけではないと、セオドアが察しているからだと思った。

「……貴方の腕が痛くなっても知らないわ」

「アレクシア様の重みをこの腕に刻めるなら、喜びしかありませんね」

甘すぎる台詞に、胸が一杯になった。つい先刻までは行き止まりで足掻いている気分だったのに、今はどこへでも飛んで行けそうなほど身体が軽い。

彼が自分に向けてくる眼差しが優しくて、多幸感で満たされた。

抱えられたまま運ばれた先は、セオドアの部屋。

屋敷の中を自由に出歩くことを許されていなかったアレクシアは、彼の居室に入るのは初めてだった。

「ここ……」

「僕の寝室です。最近は長らく使っていませんけどね。この屋敷に滞在している間は、いつもアレクシア様の部屋に籠りきりでしたから」

さらりと告げられた言葉の裏に淫らな意味を見つけ、アレクシアは一層赤面した。

年に数える程度しかこの屋敷には足を運んでいなかったそうだから、室内にはあまりセオドアの気配が残っていない。ベッドに下ろされても、彼の香りがしないことが少しだけ寂しかった。

――何だか私が使わせてもらっている部屋の方が、よっぽどセオドアの残り香がある気がする……

無意識に浮かんだ思いに、アレクシアの頬が茹《ゆだ》りそうになったのは言うまでもない。

自分はいったい何を考えているのかと、慌てふためいた。

「どうされました？　首まで真っ赤ですよ」

「あ、や……っ」

軽く襟元を指で下げられ、鎖骨付近を擽られた。そこも朱に染まっていることは想像に難くない。だが淫猥な手つきで撫でられると、尚更上気してゆくのを止められなかった。

「熟れたリンゴみたいだ」

「ん……っ、駄目……っ」

軽く頬を齧《かじ》られて、ゾクゾクと愉悦が走る。痛みは全くない。彼の歯は、アレクシアの肌に触れただけ。むしろその後舐めてくる舌の動きが卑猥で、掻痒感と喜悦が体内でとぐろを巻いた。

「ま、待って」

「待てません。僕は充分お預けに耐えました。もうこれ以上は無理です。どうか今日は、優しく抱かせてください」

アレクシアに覆い被さり、じっと見下ろしてくる双眸には煌めく星が宿っていた。

二度と瞬かないと思っていた光を見つけ、アレクシアの眼尻を涙が伝う。

同じ深淵に沈むことを決意しても、大好きなセオドアに刹那の癒しを与えたいと願う気持ちは捨てていない。ほんの僅かな間、純真で平和だったあの頃の彼を取り戻せた心地がした。

「……大好きよ、セオドア」

「僕も心からアレクシア様を愛しています」

十年越しの告白は、何度繰り返しても足りなかった。言葉では埋めきれない空白をなくしたくて、互いの形を手や唇で弄り合う。ベッドの上で何度も口づけ、合間に服を一枚ずつ脱ぎ、脱がせ合った。

互いに生まれたままの姿になり、何物にも遮られない肌を密着させる。

彼の逞しく引き締まった身体に包まれると、この上ない幸福感を噛み締められた。

「僕と、結婚してくださいますか？」

「ええ、勿論。私でいいの？」

「アレクシア様以外では、何の意味もありません」

自分もセオドアでないのなら、誰にも嫁ぎたくないと思った。

濃厚になったキスが解かれ、彼の唇がアレクシアの首筋を下りてくる。辿り着いたのは期待感から既に赤く色づいた乳嘴。

そこへ吸い付かれて、淫らな声がアレクシアの口から漏れた。

「んん……っ」

「声を我慢しないで。聞かせてください」

「だって……恥ずかしい……っ」

「ここには僕と貴女しかいません」

セオドアに聞かれているから羞恥に悶えるのだと告げると、何故か彼は更に眼元を綻ばせた。

「だったら、より聞きたいです。それに他には誰もアレクシア様の感じている声を聞くことはできないでしょう？　僕の特権なら、味わい尽くしたい。……駄目ですか？」

「ず、狡いわ。そんな言い方をされたら……っ」

かつてのセオドアには、願いごとをされたことなどなかった。

彼はいつでもアレクシアの希望を可能な限り叶えようとしてくれたけれど、己の欲求を口にしたことはない。

当時はまるで気づかなかったが、与えてくれるだけの優しさは、どこか歪なものだった。

そこには厳然と『主従関係』が横たわっており、対等ではない。

けれど今日は、やっと二人が同じ場所に並び立てた気がする。それがアレクシアには泣きたくなるくらいに嬉しくて仕方がなかった。

セオドアの頭を胸に抱き寄せ、返事の代わりに許可を示す。すると彼は嫣然と微笑み、アレクシアの乳房を揉み解しながら頂を口に含んだ。

「ふ……、ぁっ」

「ここも大きくなりましたね。丸みを帯びて、以前よりもっと柔らかくなりました」

「あ……っ、へ、変なことを言わないで……っ」

ここ、がどこを指しているのか問うまでもない。今現在セオドアの手で形を変えられている膨らみに他ならなかった。

「可愛い」

「んッ」

キュッと乳首を指で摘まれ、もう片方は舐められる。異なる刺激を与えられるとクラクラして、アレクシアはつい自らの膝を擦り合わせた。

「……愛らしいお強請りですね。ここも触ってほしいということですか？」

「え、ち、違……っ」

太腿の狭間に彼の手が忍び込み、ヒクリと肢体を強張らせた。嫌だからではない。期待して、花弁が既に蜜をこぼしていることを知られたくなかったせいだ。

ぬるつく媚肉が、まだ触れられてもいないのに、切なく疼く。早くして、と急かしているのも同然だった。

「嬉しいです。アレクシア様も僕を欲しがってくれたのですね」

「あ、ぁあ……っ」

肉のあわいを上下に辿られ、それだけで腰がひくついた。綻び出した蜜口を撫で摩られ、内側にはまだ侵入されていないのに、奥が卑猥に収縮してたまらない。

は、と息を漏らせば、微笑んだセオドアがアレクシアの耳の横にキスをしてくれた。更に太腿もゆっくり辿られる。

そこは醜い傷がある場所。反射的にアレクシアが身を強張らせると、柔らかな舌で耳朶を擽られる。そのまま耳穴へ息を吹きこまれ、愉悦も注がれた。

「……んっ」

「僕のために負ってくださった怪我なら――これがある限り、貴女は僕のものだということですね。そして僕もアレクシア様のものだ」

国内最高の腕を持つ医師でも、完全に傷痕を消すのは難しいと言っていた。つまりセオドアは、二人が永遠に離れないと告げてくれているのだ。

引き攣れた痕をさも愛しげに触れられ、彼がアレクシアの傷を少しも疎んでいないことが伝わってくる。それどころか、うっとりと囁く声には、隠しきれない恍惚が滲んでいた。

「こんな……瑕疵のある女は、嫌ではないの……？」

「ちっとも。こんなことでアレクシア様は微塵も損なわれません。むしろこの傷のおかげで貴女が誰のものにもならずに済んだのなら、見る眼のない愚か者どもに感謝したいくらいです」

嘘が全く感じられない誠実な声音に、アレクシアの涙腺が緩んだ。

身体のことは誰に嘲られても平気だったが、セオドアにだけはどう思われているか不安だった。

本当は内心で眉を顰めているのではないか。触れるのも見るのもうんざりしているのではないかと。

「どうしました。僕が何か失言しましたか。でしたら謝ります」

ボロボロと泣きだしたアレクシアを前に、やや慌てた様子の彼がいる。その表情は、馬小屋での一件の後、セオドアが見せた戸惑いや切なげな様子とよく似ていた。

「ううん。貴方は何も悪くない。ただ――嬉しいの」

深く自分を想ってくれていたことも。長い間、想い続けてくれていたことも。共にいることで、おそらくこの先受けねばならない苦痛を選んでくれたことも。

全てが奇跡だとしか言えなかった。

「私、幸せだわ」

「アレクシア様……」

動揺を滲ませた彼の気持ちは分かる。家族を含めた全てを奪われ、犯人である男に自ら囚われた、愚かな女の言い分に驚いているのかもしれない。

けれど紛れもない本心だ。アレクシアは自分の選択を後悔しないと胸を張って断言できた。

口づけた唇から多幸感が広がる。触れた肌の全てが、発熱したように赤く染まった。体内はより潤み、呼吸が乱れる。視線は情熱を湛え、視界に収まるのは愛しい人だけ。

あらゆることが恋しい人を求めていた。

考えても仕方ない『もしも』を夢想する。仮にセオドアの両親がアレクシアの両親の策略に嵌められることなく、今でも主従の関係にあったとしたら。

きっと自分たちの関係も、まるで別物になっていたはずだ。

想い合っていることを知らず、諦める道以外考えることもなかっただろう。

アレクシアは親の言いつけ通りどこかへ嫁ぎ、セオドアは地道に働きいつか妻を娶ったと思う。

そして二人とも一生報われない恋心に焼かれ続けた。そんな未来を思い描き――――アレクシアはひっそりと瞑目する。

――ああ……私はきっと地獄に堕ちる。だって父や母、お兄様が無事で存命していることよりも、今こうしてセオドアといられることを、貴いと感じてしまっている……

神や悪魔に『時間を戻してやろうか』と囁かれたとて、アレクシアは断るに違いない。それが嵐の夜の直前だったとしても同じこと。

自分が彼に換金できるものを渡して、それが永遠の別れになるくらいなら、今の歪んでしまったセオドアのままでかまわないと思った。そうでなければ、二人の人生が再び交わることはなかったはずだ。

愛を免罪符にして彼を縛り付けたいのは、アレクシアも同じ。おそらく自分たちは似た者同士なのかもしれなかった。

セオドアの指先がアレクシアの陰唇を割る。濡れ襞を擽り、愛蜜を掻き出すように摩擦され、すぐに指の本数を増やされた。

じゅぷっと淫猥な水音が奏でられ、耳からも快楽を拾ってしまう。

悦びの声をあげるアレクシアの身体は、たちまち快感に打ち震えた。

「……っあ、ぁあ……ッ」

優しく、時に荒々しく隘路を掻き回されて、官能が高められてゆく。膨れた淫芽は扱《しご》き易《やす》いらしく、執拗に弄ばれた。

皮を剝かれ直接刺激されると、淫悦が鋭過ぎて少し怖い。嬌声がひっきりなしに漏れ出て、アレクシアの太腿が戦慄いた。

勝手に力が籠った両足のせいで、腰が浮き上がる。すると余計に弄りやすくなるのか、彼の手がアレクシアを追い詰めてきた。

「アッ、やぁ……、ア、あああッ」

爪先が丸まり、シーツに淫靡な皺を刻んだ。そこへアレクシアの内腿から生温い滴が伝い落ち、いやらしい染みを作ってゆく。息を整える暇もなく大きく開脚させられたアレクシアは、潤む眼差しをセオドアにやった。

「すみません。もっと貴女を悦ばせてあげたいけれど……もう限界です。早くアレクシア様が欲しくてたまらない」

「うん……私も……」

言葉よりも雄弁な眼と熱く滾った身体に乞われ、アレクシア自身も昂った。

一刻も早く繫がりたくて、とろりと体内から蜜が溢れる。

焦らさずに、今すぐ一つになりたい。ふしだらだと思われても、それが何だと言うのか。セオドアが『欲しい』と明言してくれた分、アレクシアもきちんと言葉にして彼に返したかった。

「大好きな貴方に……抱かれたい」

上下するセオドアの喉仏が官能的で、眼を離せなくなる。だがそれよりもアレクシアの視線を釘付けにするのは、彼の眼差し。

はっきりと渇望を湛えた、獰猛な求愛そのものだった。

「あ……」

「すみません、アレクシア様……優しくできないかもしれない……」

首筋に降りかかる呼気があまりに熱く、炙られるのではないかとアレクシアは思った。

けれどそれだけ求められているのだと感じ、下腹が狂おしく収斂する。

セオドアの背中に両腕を回して自ら引き寄せ、彼の耳元で囁いた声は、我ながら淫蕩な誘惑めいていた。

「——好きにして」

可愛げのない台詞でも、これが精一杯。だが震え掠れた声と潤んだ瞳、真っ赤に熟れた頬で、羞恥に悶えつつもアレクシアが頑張ったことはセオドアに充分通じたらしい。

「アレクシア様、僕の理性を試しているのですか？」

「……ん、ぅっ」

キスで塞がれた唇の隙間から卑猥な声が漏れる。彼の切っ先が泥濘《ぬかるみ》に押し当てられ、ぐっと体重をかけられた。

セオドアに貫かれる瞬間は、いつも少し苦しい。しかも今日は、普段以上に剛直が硬く雄々しい気がした。

身体の中心を引き裂くようにして肉槍が埋められてゆく。充分に濡れそぼっていた肉襞をこそげながら、アレクシアの内側はくまなく摺り上げられた。

「……ぁ、ああ……ッ、大きい……っ」

「……そういうことを、言わないでください……っ、乱暴にしたくなる……っ」

好きにしていいと許したのに、それでも彼は理性を手放すまいとしてくれているようだ。そんな優しさが嬉しくもあり――もどかしくもあった。

「……ん、ぁ……っ、セオドア……もっと……」

アレクシアだって手酷く扱われたいわけではない。だが何もかも忘れるくらい激しく抱いてもらいたかった。やっと手に入れた人を、全身で感じたい。

拙い誘惑は、軽く腰をくねらせることで施す。男を昂らせる方法には詳しくない。全て彼から教えられたことだ。

それでもアレクシアは蜜洞に力を込め、愛しい屹立を抱きしめた。セオドアの形が生々しく感じられ、淫猥さに火をつける。

彼が僅かに肩を震わせたので、目論見は成功したらしい。

珍しく瞳を潤ませ、朱を刷いた男の眼尻が艶めかしく、ますます眼が離せなくなった。

アレクシアは一瞬たりとも焦がれる人を見逃したくなくて、見つめ合ったままセオドアの腰に自らの脚を絡める。もう、傷痕のことは微塵も気にならなかった。

「……っ、いつの間に、こんな手管を覚えたのですか？」

「嫌……？」

「とんでもない。僕限定なら、大歓迎です」

彼から滴る汗がアレクシアに降り注ぐ。自分の汗と混じり合い、珠《たま》を結んで白い素肌を流れ落ちた。

指を絡めて深く手を握り、二人の腰がピッタリと重なれば、セオドアの楔を全て呑み込めたことを知る。

動かなくても存在感がある質量が、アレクシアの腹をいっぱいにした。

「貴女の中は温かい……ずっと包まれていたくなる」

「ふ、ぁ……っ」

緩い律動が始まり、隘路を何度も往復された。内側から捏ね回す動きに、突かれれば声が押し出され、抜かれれば切ない吐息が漏れる。

ぐちゅぐちゅといやらしい音が次第に激しさを増し、ベッドの軋みも大きくなっていった。

互いの乱れた息と艶声も、ひっきりなしに口から溢れる。卑猥な空気が室内に降り積もり、もっと大胆になることをアレクシアに許した。

「……アッ……んァあアッ」

一際大きな声が出て、腹が波打つ。最奥を小突かれ小刻みに揺さぶられて、ぶわっと肌が粟立った。

同時に花芯を擦られ扱《しご》かれれば、愉悦の水位が一段と上がる。

口の端から唾液が垂れても、もう気にかける余裕はまるでなかった。

片脚を抱えられたせいで、上にずり上がり衝撃を逃すこともできない。むしろ引き寄せられて、深々と抉られる。

眼前に光が散り、アレクシアは意味をなさない獣じみた声しか発せなくなった。

「ぉ……ァあッ……ァ、あああぁッ」

一気に押し上げられた高みから下りてこられない。深い場所に突き刺さった剛直が、無情にもアレクシアの更に奥を暴こうとしているからだ。

「んぁうッ、も、ぁああ……イっているからぁ……ッ」

「ああ……子宮が下りてきていますね。このまま直接注いだら、孕む率が上がるかな？」

これまでずっと避妊などしていなかったのだから、今更だ。それでもアレクシアを組み敷くセオドアは、いつも以上に本気であることが窺えた。

うっとりと笑った顔は蠱惑的で、あまりにも美しい。そして、どこか昏く歪でもあった。

「はぅ……っ」

――だけど、そんな貴方も愛おしい。

一度引いた腰を叩きつけてくる彼は「愛している」を繰り返してくれる。アレクシアの名前を愛おしげに呼び、触れる指先からも労りと恋情を注いでくれた。

だとしたら、他に何を望むと言うのか。

――私はずっと貴方が欲しかった。

だからこれでいい。二人にしか分からない、常人には到底理解できない理の中、これからも互いを求め続けるだろう。

それこそが、アレクシアとセオドアの幸せなのだから。

「……あっ、ぁ……っ、アあぁ……っ」

達したばかりで敏感になった蜜襞を掘削《くっさく》され、再び絶頂へ飛ばされた。今度はもっと高く、長い快楽が押し寄せて、アレクシアの全身が痙攣する。

絡みつく媚肉を振り切るように彼が腰を振り、ぐちゅんっといやらしい水音を奏で、愛蜜が飛び散った。

結合部からは白く泡立った体液が溢れている。ひどく淫らなことになっているのは間違いない。しかし何も考えられなかった。

セオドアに揺さぶられて、アレクシアには彼のこと以外何も見えなくなる。耳はセオドアの掠れた呻きと乱れた呼吸音だけを拾った。指先や肌の感触だけが全て。

世界の全部が彼に塗り潰されてゆく。それを心地いいと感じるアレクシアに、拒む気は毛頭なかった。

もっと自分だけを求めてほしい。

永遠にこうしていたいとすら思う。快楽が飽和して苦しくても、死んでいるように漫然と生きるよりずっといい。

――私はセオドアと離れては、もう生きられない。

自分が本当の姿を取り戻せるのは、この腕の中だけ。

「ひ、ァあっ……ぁ、あ、あああッ……」

連続で絶頂に押し上げられ、アレクシアの片脚が宙に踊った。

一拍遅れて、体内に熱い飛沫《しぶき》が迸る。たっぷりと濃厚な子種が、アレクシアの内側に沁み込んでゆく。無防備に蕩けていたそこは、大喜びで白濁を呑み下した。

「……ぁ、あ……」

喘ぎ過ぎて喉が嗄れたのか、声はまともに出せなかった。涙で滲んだ視界も、さながら透明な膜に覆われている。

凶悪な快感がなかなか引いてくれず、何度も押し寄せる波に浚われ、アレクシアは断続的に四肢を戦慄かせた。

体内も同じように痙攣し、蜜窟を支配する彼の屹立を味わっている。意思とは無関係に、最後の一滴まで搾り取りたいと言わんばかりに咀嚼していた。

「……は……どうぞ僕の子どもを産んでください」

アレクシアの下腹を撫で摩るセオドアの掌が、熱く淫靡だった。

執着心も露で、収められた肉槍は未だ力が衰えていない。それを知らしめようとしているのか、彼は再び抜き差しを始めた。

「……あ、ぁ……っ、も、無理……ッ」

「愛しています。誰よりも。貴女が僕の世界そのものです」

溢れんばかりの愛情を双眸に湛え、うっとりと甘い声音で囁かれては、これ以上抗えない。

セオドアの胸板を押し返そうとしていたアレクシアの手は、力なくシーツへ下りた。

「あ、あと一度だけよ……？」

「善処します」

おそらくこの約束は破られる。けれど圧倒的な幸福感に、アレクシアは抗議の言葉を告げる気にはなれなくなった。

代わりに翌日の朝まで、彼の寝室からは睦み合う二人の声が漏れ続けたのは言うまでもない。

エピローグ

「生かしておいた襲撃者はどうなさいますか」

いくつかある屋敷の一つで仕事中のセオドアは、山積みになった書類へ目を通していた。

時刻は午後四時を過ぎた頃。黄色味を帯びた光が室内を照らしている。

「ああ、忘れていた」

あの日アレクシアを連れ去る算段だった犯人たちは、一人を除きすぐに殺した。生かされた者も、今頃虫の息だ。放っておいてもいずれ衰弱して死ぬだろう。

むしろ早く楽にしてくれと願っているかもしれない。

黒幕を吐かせるため以上に加えた拷問のせいで、捕らえた男は半ば正気を失っていた。

所属する組織への報復も済んでいる。

つまりは、完全に用済みだった。

セオドアは、深く頭を下げ指示を仰ぐ部下を見返すことなく「処分しろ」と短く命令を下す。

視線を手元の書類から上げることもない。全く興味がないと言わんばかりの頭首の言葉に、部下の男は「かしこまりました」と恭しく答えた。

セオドアが冷徹で合理的なのは今に始まったことではない。感情の機微を感じさせない頭首を見慣れている者にとっては、これが普通だ。

アレクシアを手に入れ、人間味が増した最近のセオドアの方が、よほど奇妙に映った。

「報告はそれだけか？」

「いいえ、もう一つあります。アレクシア様を正式にセオドア様の伴侶に迎えるにあたり、使用人の数を増やしますか？」

現在、アレクシアの身の回りの世話を担っているのはドリー一人だけだ。信頼のおける人間がなかなか見つからず、増やせずにいる。だが、いつまでもそうは言っていられないだろう。

「……そうだな。その件は早急に手配しなければなるまい」

セオドアには敵が多い。命を狙われるのは日常茶飯事だ。組織の内部でも、虎視眈々《こしたんたん》とこの地位を奪い取ろうとしている者もいる。

もっとも、そういった輩は悉く『死んだ方がマシ』な目に遭わせてきたが。

先日のアレクシア襲撃事件を機に、彼女の存在は知れ渡った。これまで一切女の気配がなかった『落華』の頭首が、のめり込み囲っている大事な女がいると。

同時に彼女に手を出せば、セオドア自身に危害を加えるよりも酷い報復を受けることになるのも、知らしめられたはずだ。よほどの馬鹿でない限り、自分と組織だけでなく、家族や友人その隣人、遠い親戚まで全てが消されるような真似はしない。

安泰、とまでは言えなくても今後アレクシアを狙う者はそうそう出てこないだろう。

「――ですが、少々意外ですね」

「何の話だ」

いつもなら、雑談を好まないセオドアのために無駄な会話を振らない部下が、感慨深げに呟いた。自分の片腕とも言える男なので、多少のことは大目に見ている。これがもし別の人間であれば、完全に無視しているところだ。

「セオドア様がいくら無傷で守り切る自信がおありでも、アレクシア様を囮にされるとは思いませんでした」

「ああ……」

どんな話かと思えば、その件か。

セオドアは別の書類に眼を通しながら嘆息した。

しかし部下の疑問も尤もだと言える。頭が切れ、仕事もできるこの男は、人の感情の機微にも敏い。セオドアがアレクシアに並々ならぬ執着心を抱いていることなど、とっくにお見通しに違いなかった。

それなのに、欠片ほどの確率でも彼女が危険に晒される真似をしたのだ。不可解に感じるのは当然だと思った。

「セオドア様でしたら、アレクシア様が屋根の上に這い上がる前に決着をつけることも可能だったと思います。何故あの方が壁を下りようとするまで待っていらっしゃったのですか？」

指摘された通り、自分はあの日、彼女が外壁を伝い下りようとするのを暫《しばら》く見守っていた。

勿論、本当に落ちそうになればすぐさま助けるつもりだった。けれどあえて一拍置いた理由は。

「……彼女が何をしようとしているのか、確認したかったからだ」

逃げるつもりか、助けを求めるつもりか――だとしたら、いったい誰に。

その選択次第では、セオドアは取り返しがつかないほど壊れたかもしれない。もはや這い上がれない深淵に同化した可能性もあった。

瀬戸際で留まれたのは、アレクシアの意図が理解できたからだ。

彼女は別に、他者を犠牲にして自分だけ助かろうとしていたのではない。襲撃者らに保護を望むのなら、自ら堂々と扉を開け小屋の外へ出ればいい。混乱に乗じて逃亡する気なら、もう少しタイミングを見計らい、双方の戦力が削がれた後でも良かったはずだ。なにも混戦状態にある中、危険を冒す理由はなかった。

ならば彼女の目的は。

アレクシアがどうして無茶を働いたのか手に取るように分かり、歓喜したのは言うまでもない。

万が一、今後セオドアから解放される絶好の機会が訪れたとしても、彼女は自分のもとから逃げ出そうとせず、むしろ傍にいようとしてくれるのではないか。

期待と希望、恋情と執着が入り混じる。

大事な宝物を囮にしてでも確かめたかったこと。それは、アレクシアが『セオドアから逃げ出すチャンス』を得た場合、どう行動するかだ。

知りたかった答えを得て、セオドアの精神状態は格段に落ち着いた。

――もしあの日彼女が別の道を選んでいたら――僕はアレクシア様を完全に壊してしまったかもしれない。

愛情と憎しみは紙一重。裏表の関係でしかない。どちらも強く相手に拘《こだわ》り、心の大半を占めるのは同じだった。

真綿で包むように守り愛でたいのと同時に、破壊し蹂躙し尽くして自分だけのものにもしたくなる。相反する思いが、常にセオドアの中で戦っており、勝利したのは前者だった。

彼女が自分と同じ場所まで堕ちると決意してくれたから、人の範疇を乗り越えずに済んだ。

あの決断がなければ、今頃は悲惨な結末を迎えていただろう。

勿論、アレクシアにとって。

セオドアにとっては、彼女が腕の中にいてくれさえすれば、大差はない。仮に心が壊れ、肉体が損なわれていたとしても。

「結婚式は挙《あ》げられますか？　内輪でひっそりでも、盛大な催しでもどちらでも手配いたしますが」

「必要ない。呼ぶ相手もいないだろう」

「お披露目を兼ね、『落華』の幹部だけを集めることもできますよ」

それをセオドアが望んでいないことは、部下の男も重々承知しているに違いない。とは言え、アレクシアをもっと強固な檻で囲い守るには、自分の手駒たちに彼女を何よりも優先させろと示す方がいいかもしれない。

盾も鉾《ほこ》も、より多いに越したことはなく、いざというときのため、愁《うれ》いは一つでも消しておくべきだと思った。

「……そうだな。お前の言う通りだ。ついでにアレクシアに過剰な興味を示す者がいれば、洗い出せ」

これまで『大切な相手』を持たなかった頭首の弱みともなる彼女に、異様な関心を示すとしたら、それは反逆の萌芽《ほうが》だ。何らかの思惑があると睨んで間違いない。

部下の男もそう考えていたらしく、にこやかに――陰惨《いんさん》に微笑んだ。

「仰せの通りに。頭首様」

日が落ちかけた室内を、茜色の光が照らす。

今日は何としても仕事に区切りをつけ、セオドアは愛しい彼女の待つ屋敷に帰るつもりだった。

もう二日も顔を見ていない。以前なら堪えられた日数でも、気持ちが通じ合った今は一分一秒たりともアレクシアと離れていたくなかった。

彼女のことを想うときにだけ、瞳に生気が戻る。暗黒ばかりを見つめ続けた眼は、いつしか色彩と光を完全に失った。

けれどアレクシアが共に生きると決めてくれた瞬間、セオドアはこの世が眩いばかりの色と光に満ちているのを思い出した。

灰色だった世界が極彩色に輝きだす。

人の死肉を食らい、闇の中でしか生きられない化け物に堕ちた自分を、彼女は一瞬でも明るい場所に引き上げてくれる。

この喜びがあるのなら――この先いくらでも、この手を血に染めるのは恐ろしくないと思えた。

――ああ……幸せだ。

それが他者から見ればどれほど歪なものであったとしても。

今なら分かる。かつて、初めて『落華』の名を聞いた際には、腐肉《ふにく》に集《たか》る虫如きが随分僭く麗しい名をつけたものだと滑稽だった。

この世の汚濁を煮詰めた世界に生息しながら、何を夢見ているのかと。もしや自分たちを憐れみ、落ちた花のようだと勘違いしているのではあるまいな、と嫌悪すら覚えた。

けれど違うのだ。

深淵を這いずる者ほど、刹那の光や癒しを求める。手に入れられないと理解しているからこそ、恋焦がれて止まない。

仮に憧れるものを無理やり強奪しても、それは瞬く間に輝きを失い萎れてしまうことも分かっている。

自分たちのような穢れた者に触れられれば、どれほど美しいものであっても爛れて腐り、より虚しさが募るのだと。

かつてセオドアが、アレクシアには二度と会えないと絶望したのと根源は同じだ。

だがそれなら、『落ちてしまった花』ならどうだろうか？

種類によっては、盛りの美麗さを残したまま地表に落ちる花もある。あれならば、醜い化け物となった者が手を伸ばしても許されるのではないだろうか。

どうせ放っておけばそのまま朽ちてゆくだけのもの。

ならばこの手で水をやり栄養を与え、延命させることもできるはず。綺麗な姿を留める方法がないわけではない。

おそらく先人たちも似たようなことを考えたのだと思う。

花は手折るのではなく、落ちるのを待てばいい。待てないのなら、堕ちるよう唆《そそのか》せばいい。

――僕だけの、愛しいお嬢様。

這い上がることに失敗した哀れな虫にも情けをかけて、傍にいると誓ってくれた。優しく気高い、清廉な人。

彼女はきっといくら堕ちても自分のように汚れることはない。ただ、セオドアの心情を想像し嘆き悲しむだろう。

――アレクシア様が僕のために泣いてくださるなら、喜んで汚泥《おでい》に沈む。

もっともっと罪を犯し血に塗れてゆくから、どうか憐憫《れんびん》を傾けて囚われてほしい。セオドアのこと以外、何も考えられないほど。

この先も絡まり合った鎖を緩める気は毛頭ない。むしろ厳重に、幾重にも巻きつけなければ。何て甘美にして罪深い、唯一の鎖。

ただし彼女に、ここまで自分が壊れていると知られたくはなかった。

愛しい花は地表に落ちた。

いや、我が手に堕ちたのだと――セオドアは人並み外れた美貌を綻ばせた。

あとがき

初めましての方もそうでない方もこんにちは。山野辺《やまのべ》りりです。

今回のテーマは、なにはさておき『目が死んでいるヒーロー』です。

色々あって完全に心がぶっ壊れ、倫理観などを捨ててしまいました。

これまで私はどちらかというと、どこか歪《いびつ》でもまだ理性や罪悪感を残しているヒーローを書くことが多かったのですが、今回はそういった懊悩《おうのう》からも解き放たれてしまっていますね……

いやまだ、ギリ人間らしさは残っているか……？

ジャッジは読んでくださった皆様にお任せします。

私は純愛だからヨシッ！　という判断です。

さて、ストーリーは復讐絡みなので『お前はいったいどれだけ復讐ものが好きなんだ』という声が聞こえてきそうです。

ええ、そうですよ。だって好きなんだから仕方ないじゃない。

けれど今回は、あまり復讐自体は主題ではありません。主人公たちもさほど引き摺って囚われているわけではありませんし。

その辺りの理由は読んで確認していただくとして、大事なのは『目が死んでいるヒーロー』です。重要なことなので、二度言いました。

担当様の挿絵指定資料でも『眼にハイライトがない状態』と書いていただき、思わずニッコリしてしまいました。

うふふ。天路《あまじ》ゆうつづ先生の絵でそれを拝見できるのかと思うと、じっとしていられないほど楽しみでなりません。ああ早くじっくり舐めるように堪能したい……

表紙の美麗さ、度肝を抜かれません？

ありがとうございます。この本の完成までに関わってくださった全ての方々にもお礼申し上げます。

そして手に取ってくださった皆様に、最大級の感謝を。

世の中、辛い気持ちになることも多いですが、きっとそれだけではないとこれからも信じていきたいと思います。

自分にできることを、日々模索しながら頑張ります。

またどこかでお会いできることを祈って！

ありがとうございました！

Sonya
ソーニャ文庫

この本を読んでのご意見・ご感想をお待ちしております。

◆ あて先 ◆

〒101-0051
東京都千代田区神田神保町2-4-7 久月神田ビル
㈱イースト・プレス　ソーニャ文庫編集部
山野辺りり先生／天路ゆうつづ先生

咎人《とがびと》の花《はな》

2022年5月2日　第1刷発行

著　　者　山野辺《やまのべ》りり
イラスト　天路《あまじ》ゆうつづ
装　　丁　imagejack.inc
発 行 人　永田和泉
発 行 所　株式会社イースト・プレス
〒101－0051
東京都千代田区神田神保町2－4－7 久月神田ビル
TEL 03－5213－4700　　FAX 03－5213－4701
印 刷 所　中央精版印刷株式会社

ISBN 978-4-7816-9721-5
定価はカバーに表示してあります。

Sonya ソーニャ文庫の本

『冥闇の花嫁』 山野辺りり

イラスト なま

Sonya ソーニャ文庫の本

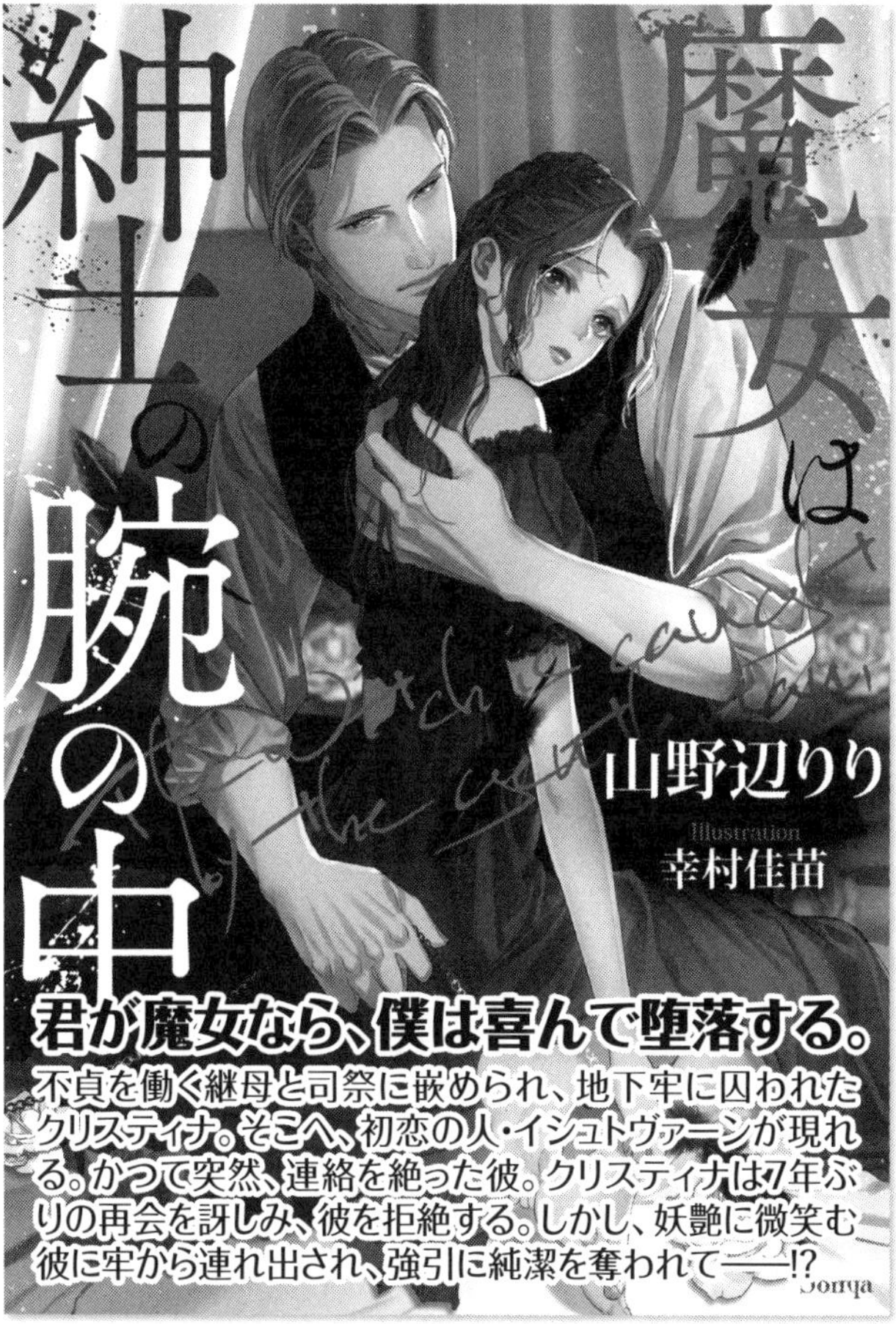

君が魔女なら、僕は喜んで堕落する。

不貞を働く継母と司祭に嵌められ、地下牢に囚われたクリスティナ。そこへ、初恋の人・イシュトヴァーンが現れる。かつて突然、連絡を絶った彼。クリスティナは7年ぶりの再会を訝しみ、彼を拒絶する。しかし、妖艶に微笑む彼に牢から連れ出され、強引に純潔を奪われて——!?

Sonya

『魔女は紳士の腕の中』 山野辺りり

イラスト 幸村佳苗

Sonya ソーニャ文庫の本

『愛を乞う異形』 山野辺りり

イラスト Ciel